AU MOINS
NOUS AURONS VU LA NUIT

COLLECTION SCRIBES DIRIGÉE PAR CLÉMENT RIBES

ALEXANDRE VALASSIDIS

Au moins nous aurons vu la nuit

SCRIBES

à ceux qui viennent et ceux qui sont partis.

1

Ils l'auraient poussé dans le coffre d'une voiture, Dylan. Un utilitaire bleu nuit. Aux plaques probablement maquillées. Les 0 et les O, surtout. Auxquels ils auraient ajouté une ligne horizontale, au milieu. Qui transformerait les uns en B, et les autres en 8. C'était une habitude, chez eux. Ça, je l'avais appris avant toute autre chose, à leur sujet. Qu'ils maquillaient les plaques des véhicules volés. Sur les parkings des grands magasins, la nuit. Ou le dimanche, lorsqu'ils étaient à peu près déserts. Mais jamais en journée. Équipés le plus souvent d'un simple tournevis. Ou sur les aires d'autoroute. Là où ils rôdaient, pour ainsi dire. À deux ou trois, maximum. Dans un camion blanc.

Et après, on n'a plus revu Dylan. C'était comme s'il avait été effacé. Comme ça, d'un coup de baguette magique. Comme s'il avait été rayé de tous les endroits qu'il fréquentait. Au moins ceux où l'on se retrouvait tous les deux. Parce que quand on ne se voyait pas, je ne savais pour ainsi dire pas ce qu'il devenait. S'il était heureux. Ni où, ni avec qui il pouvait bien traîner.

Il y avait sa tante, dont je connaissais l'adresse. Mais sans que l'on m'ait jamais invité à franchir la porte de chez elle. Pour l'une ou l'autre raison. Et quelques autres lieux. Mais je peux dire qu'il avait été rayé de tous les endroits où l'on se rencontrait, lui et moi. Comme si on avait gommé son nom de tout un tas de fiches. Que ça ne lui donnait plus accès à rien. Parce que des gens très haut placés auraient décidé que pour lui c'était stop. Terminus. Plus de discussion possible.

Ça avait mis un coup à tout le monde, cette histoire. Un sacré coup. Et après, plus rien n'avait été tout à fait pareil. La petite vie que chacun tirait derrière lui, gentiment. Tout ça volait en éclats. Parce que personne n'avait rien pu imaginer de semblable. Et que ça aurait tout aussi bien pu tomber sur n'importe qui, au fond. N'importe lequel d'entre eux. Mais qu'il avait fallu que ce soit Dylan, qui disparaisse du jour au lendemain.

Moi, j'avais d'abord pensé à la tante. Parce qu'elle dégageait vraiment quelque chose d'étrange. Je veux dire que quelque chose de spécial se produisait, lorsqu'elle était présente. Dans une pièce ou ailleurs. Une chose dérangeante. Un sentiment désagréable. Qui laissait penser à chaque fois qu'un événement pénible allait arriver.

Ensuite je m'étais dit qu'à son âge. Non, vraiment. Sans compter qu'elle n'avait plus que lui, après tout. Parce que la famille n'avait jamais su tenir. S'était brisée bien avant ça. Alors qu'au début tout le monde était là. Dans le quartier. Qu'ils donnaient l'impression d'être soudés.

Mais ça n'avait pas duré bien longtemps. Et je sais qu'il y avait eu une histoire, là-dessous. Un événement grave, je crois. Qui ne concernait pas directement Dylan. Ni sa tante non plus, d'ailleurs. Un événement qui avait coupé la famille en deux, pour ainsi dire. Les laissant, lui et sa tante, ici. Tandis que les autres étaient partis ailleurs. Je ne sais où. Avec la caravane, le camion blanc et les chiens.

Au fond, non. Je n'imaginais pas du tout la tante déambulant comme ça. En pleine nuit. Passant par le trou dans le grillage, derrière la barre d'immeubles. Juste après l'étang. Là où les plus grands restaient parfois. Surtout l'été. Alors que tout le monde ne rêvait que d'une seule chose. Quitter le quartier. Eh bien eux, ils revenaient. Alors que d'après les ragots, ils avaient largement les moyens de.

2

Si d'aventure la tante était vraiment passée par ce trou dans le grillage, ça aurait surpris tout le monde. Parce que les gens d'ici voyaient très bien de quoi il s'agissait. Je veux dire de la taille du trou en question. De sa corpulence à elle et de son manque de souplesse.

Certains connaissaient même le pourquoi de ce trou. L'histoire qu'il y avait derrière. Les circonstances dans lesquelles il avait été fait. À l'aide d'une pince coupante, sans doute. Mais moi non. Ou disons qu'on m'avait raconté plusieurs versions de cette affaire. Et que si j'avais bien voulu croire la première, au bout de la troisième, j'avais préféré me faire ma propre idée. Qui n'engageait certainement pas la tante. Ou alors de très loin. Ce qui ne m'empêchait pas de continuer à hocher la tête, lorsqu'on me racontait une nouvelle version. Pour ne froisser personne. Même si je savais à peu près à quoi m'en tenir, au fond de moi.

Ce n'était pas faute d'avoir essayé d'imaginer cette dame. À qui on aurait parlé de l'endroit. Comme ça, au détour d'une conversation. Ce point précis du grillage, où il serait très simple de pratiquer un trou. Qu'elle aurait réalisé sans s'en rendre compte, dans un premier temps. Presque par ennui. Avant de s'apercevoir de la possibilité de, grâce à cette ouverture. Je veux dire du caractère utile de la chose. Une issue en cas de pépin. Dans l'hypothèse où. Le moyen de très vite regagner la barre d'immeubles, par l'arrière. Sans être vue. À part peut-être des plus grands, s'ils étaient revenus pour l'été. Et si toutefois ils se trouvaient alors aux abords de l'étang.

Certaines nuits, elle aurait tenté de faire passer son corps lourd par le trou. Bien à l'abri des regards. D'y entrer et d'en sortir. Ce qui n'était pas rien. Dans un va-et-vient légèrement grotesque. S'essayant même parfois à mimer des situations de crise. Des scénarios catastrophe où elle aurait à être terriblement rapide. Parce que peut-être repérée. Peut-être poursuivie.

Et si elle avait dû être accompagnée de quelqu'un durant ces nuits d'entraînement, ça aurait été à coup sûr par la cousine. La jeune cousine de Dylan. Qui habitait un peu plus loin. Mais assez près tout de même. Dans un minuscule studio aménagé. Près de la gare.

À quelques mètres de là où il y avait ce passage très sombre, sous la voie ferrée. Comme un boyau. Qu'elle nous avait montré un jour. Fière d'elle-même. Il y a de ça un sacré bout de temps. Qui débouchait sur les quais. Pas des promenades, au sens où on l'entend d'ordinaire. Et comme ça se fait ailleurs, d'aménager les bords d'un fleuve. Parce que rien n'avait été prévu pour leur donner cet aspect-là. Aucun effort n'avait été fait. C'était resté vraiment très sale. Et sans parapet. Ni rien d'autre qui aurait joué le rôle d'une barrière au niveau du bord. Et sans le moindre éclairage non plus.

Mais j'en étais sûr, je n'avais vu aucune des deux femmes traîner là-bas. Dans les environs du trou dans le grillage. Ni la tante ni la cousine.

3

D'ailleurs, ni l'une ni l'autre n'aurait eu assez de force pour pousser Dylan dans le coffre de l'utilitaire.

Et il y avait eu quelque chose, un matin. J'avais vu quatre ou cinq silhouettes. Cagoulées. Qui devaient être des hommes. Grands et larges. De ceux que l'on imagine être à leur place dans les salles de sport. Ceux qui s'y consacrent vraiment. Que l'on voit arriver le matin, très tôt, et ne repartir qu'au soir. Y redessinant sans cesse leur corps. Sans faiblir. Allant jusqu'à les doter de lignes anormales. De galbes étranges. Parfaitement visibles au travers des vêtements.

Il n'y avait ni la tante ni la cousine, parmi les silhouettes croisées ce matin-là. Mais peut-être des hommes de main commandés par elles deux. Comme dans les films. Qu'elles auraient chargés de la mission de. Leur mettant tout à disposition. C'est-à-dire la logistique. L'utilitaire. Les horaires. Le trou dans le grillage, derrière. Les alentours de la gare. Le passage sous la voie ferrée et les quais.

Elles leur auraient aussi appris la façon de camoufler les plaques d'immatriculation. Comme à l'époque où toute la famille était réunie. Ou s'en seraient chargées elles-mêmes. Bien en amont. À des moments durant lesquels elles n'auraient été que toutes les deux. En secret. Chez la tante ou dans le studio de la cousine.

Mais ce matin-là, parmi les silhouettes, il n'y en avait pas eu une seule en robe. Ça m'aurait sauté aux yeux. De la même manière que si une longue mèche de cheveux avait dépassé de l'une des cagoules. Retombant le long d'une épaule. Parce que toutes les deux portaient leurs cheveux assez longs. Gris pour l'une, auburn pour l'autre. Qu'elles laissaient flotter le plus souvent. Ou attachés en partie. Mais jamais roulés en chignon.

Au moment où je les avais vues, le coffre était déjà fermé. Les silhouettes entouraient la voiture. Comme si elles laissaient passer un instant. Je ne sais pas. Un instant d'égarement ou de recueillement. Quelque chose pour sceller ce qui était en train de se faire. Pour y mettre une sorte de solennité. Puis elles ont ouvert les portières. Se sont rapidement engouffrées à l'intérieur. Sauf celle postée devant le siège passager. Qui est restée à l'arrêt. À l'instant où je suis passé dans le hall d'entrée, en bas. Qui s'est même retournée. Comme si elle avait eu tout son temps. Comme si rien ne pressait pour elle et les autres. Elle s'est retournée pour me regarder. Et j'ai eu l'impression que ça durait une éternité. Comme une scène au ralenti.

Puis les autres ont dû lui dire quelque chose, depuis l'intérieur de l'utilitaire. Une phrase à mi-chemin entre l'ordre et l'injure. Alors cet homme a secoué la tête de gauche à droite. Comme on chasse les mauvais rêves. Il a repris ses esprits. Puis a sauté dans la voiture, d'un mouvement très agile. Et ils ont démarré en trombe.

4

S'il y avait eu une scène à l'étang, juste avant les silhouettes et la voiture au pied de l'immeuble, je ne l'aurais pas vue. Parce que j'aurais été encore en haut. Sur le palier ou dans la cage d'escalier. Étant donné que l'ascenseur, lui, ne fonctionnait plus depuis longtemps. Malgré les nombreuses lettres qu'envoyait le comité de quartier. Et qui étaient toujours demeurées sans la moindre réponse.

Je n'avais pas non plus entendu quoi que ce soit. Ni à cet instant, ni un peu plus tôt. Les fenêtres de l'appartement ne donnant pas à l'arrière. Ou en partie seulement. Mais pas suffisamment pour avoir une vue sur l'étang. À moins de se suspendre à la corniche. Puis de s'y balancer. De l'avant vers l'arrière. De plus en plus vigoureusement. De sorte qu'avec assez d'élan, on accéderait au toit de l'immeuble. Au terme d'une ultime contorsion.

Mais même une fois là-haut, ce n'est pas sûr que. Je veux dire que oui, on apercevrait bel et bien l'étang, mais pas dans son entièreté. Seulement la partie la plus au nord. Jusqu'au petit bosquet d'arbres noirs, qui dissimulerait le reste.

Pour ce qui est d'entendre, oui, on entendrait. Si du moins il se passait quelque chose. Des cris, par exemple. Une rixe. Des appels à l'aide, même un peu étouffés par un sac plastique que l'on aurait mis sur la tête de la victime. Tout ça, on l'entendrait certainement. Et sans avoir à distinguer les mots exacts, on comprendrait.

Sur le toit, on y était montés qu'une seule fois, avec Dylan. Durant l'été. Et ça n'avait pas été une mince affaire. On avait passé une bonne partie de la soirée rien que pour y accéder. Sans même oser penser à nous aventurer plus loin. Parce que c'étaient surtout de très vieilles tuiles. Avec une fine couche de mousse un peu bleutée. Et on voyait bien que ça devait glisser pas mal.

C'est lui qui en avait parlé, de monter là-haut. Je ne sais plus pourquoi. Sans doute que c'était durant la période un peu moche qu'il avait dû traverser. Où tout allait beaucoup moins bien. Et qu'il se mettait à parler de tout un tas de choses. En désordre. Des choses que je ne comprenais pas vraiment. Je veux dire que je ne parvenais à lier à rien. Parce qu'il avait l'art de commencer en plein milieu d'une histoire. Sans la moindre introduction. Sans la plus petite mise en situation.

Je n'ai jamais posé de question. Ni sur l'idée d'escalader le toit, ni sur autre chose. Histoire de ne pas l'accabler. De ne pas remuer le couteau dans la plaie, comme on dit. Sachant que la sienne avait l'air assez large, soit dit en passant. Et loin d'être refermée. Je l'écoutais simplement. Il venait à l'appartement et je l'écoutais. Pendant toute la nuit, parfois. Me disant que ça lui faisait du bien, de se délester un peu. Qu'en tout cas, à moi, ça m'aurait fait du bien. Qu'on m'écoute sans me poser la moindre question.

Puis on dormait durant toute la journée du lendemain. Lui dans la chambre du fond, et moi dans le salon.

5

Les autres fois, on se rencontrait surtout en bas de la barre d'immeubles. Et rarement en ville. Même si je savais qu'il y avait traîné souvent. Dans et autour de cette sorte d'abri. Coincé dans le passage étroit qui reliait deux placettes grises. Qu'assez peu de gens connaissaient. Et qu'il était d'ailleurs pratiquement impossible de remarquer en passant. Parce que les fenêtres étaient murées, et que l'entrée s'effectuait par l'arrière.

Impossible de dire depuis quand j'étais au courant. Ni qui me l'avait montré un jour, cet endroit. Mais quand je pensais à Dylan, il arrivait souvent que je l'imagine là-bas. Voletant autour, comme en orbite. Ou enfermé à l'intérieur. Dans ce lieu qu'il n'avait jamais évoqué devant moi. Ni lorsqu'il venait à l'appartement, ni à d'autres moments. Un peu par honte, j'imagine. Ou par peur que je ne puisse pas comprendre.

Ça avait dû être comme une grande période de flottement, quand il s'était mis à fréquenter l'abri. Comme les instants qui suivent une déflagration. Peut-être qu'il y avait eu une dispute avec sa tante. Ou quelque chose d'autre qui l'avait poussé à. Qui avait été l'événement de trop.

Je sais que tout juste après, il était resté quelques jours chez une Anglaise. Une dame très chic qui vivait plus loin. Dans un quartier très différent d'ici. Mais que là-bas aussi, ça avait dû s'arrêter. Parce que la dame était repartie. Et qu'elle n'était jamais revenue. Alors on peut dire que ça l'avait désarçonné, Dylan. Fameusement.

Mais il ne s'était rien passé avec elle. Ça, il me l'avait répété plusieurs fois. Qu'il n'y avait pas eu de dispute. Pas de cassure. Qu'elle n'avait simplement pas pu rester plus longtemps. Et il m'avait même montré cette liasse de cartes postales. Gardées précieusement. Regroupées à l'aide d'un gros élastique rouge. Des cartes envoyées depuis tout un tas de pays différents. Où l'on voyait chaque fois un beau paysage exotique. Avec des palmiers et des plages. Ou bien le visage d'un habitant du coin. Un visage typique et photographié de très près.

C'est qu'elle devait faire le tour du monde. Et je

m'étais dit qu'elle devait être encore plus riche que tout ce que je m'étais imaginé. Qu'elle aurait facilement pu le prendre avec elle. Que ça n'aurait rien changé, je veux dire. Et qu'ainsi c'est moi qui aurais reçu des cartes postales. De chacun des pays qu'ils traverseraient tous les deux. Que j'aurais conservées précieusement. Nouées entre elles par un gros élastique ou autre chose. Et que j'aurais regardées à chaque fois que je n'aurais pas eu le moral, comme on dit. Pour voyager un peu. Pour sortir d'ici. Sans avoir à prendre l'avion. Ni le train ni le bus. Ni rien d'autre.

Son nom à elle, je ne l'ai jamais su. Pas plus que son prénom. Tout comme je n'ai jamais vu son écriture au dos des cartes. Qu'il gardait jalousement pour lui. Et sans doute que j'aurais fait pareil, à sa place. Que je n'aurais montré que les photos, au recto. Comme si ça préservait un peu les choses. Je veux dire la part intime des choses. Qui ne regardait personne d'autre qu'eux deux, après tout.

Bien entendu, il aurait très bien pu s'envoyer ces cartes à lui-même. Avoir inventé cette histoire de toutes pièces. Ce qui aurait été pousser tout ça un peu loin, mais qui sait.

Quoi qu'il en soit, c'était juste après cette histoire qu'il s'était mis à fréquenter l'abri étrange en ville. Qui était une autre manière de vivre. En même temps de retrouver une sorte d'ancienne personne en soi. Un être primitif qui aurait été nous, avant qu'on ne finisse par l'oublier.

Puis il était finalement rentré chez sa tante.

6

Près de la gare, où vivait la cousine, c'était une seule pièce qui donnait sur la rue. Avec le meuble de cuisine dans un coin. Et le canapé dans l'autre. Comme deux frères ennemis. Des rivaux que l'on aurait forcés à demeurer dans le même espace réduit.

Pour les douches, elle descendait chez les voisins du rez-de-chaussée. Un couple de retraités qui avait tenu un commerce. À une époque où la rue était bien différente. Et qui l'avaient prise en sympathie, cette jeune fille. Lui autorisant de descendre à chaque fois qu'elle le souhaiterait. Et pas uniquement pour les douches.

Je m'étais retrouvé là-bas une fois ou deux. Mais sans y être entièrement, pour ainsi dire. Parce que je ne faisais qu'accompagner Dylan. Sans connaître personne d'autre. Sinon les plus grands. Et de vue, seulement. Qui m'avaient bien fait comprendre qu'il ne fallait pas que je me fasse des idées. Que je n'imagine surtout pas que. Qu'il s'agissait que chacun reste bien à sa place. Et cela sans avoir à articuler le moindre mot. Uniquement avec quelques regards bien appuyés. Des regards vraiment méchants, au fond. Qui disaient qu'on me tolérait tout juste parce que j'accompagnais Dylan. Qu'ils voulaient bien comprendre ça, d'une certaine manière. Ou voulaient bien essayer de comprendre, du moins. Parce qu'eux aussi connaissaient sa solitude à lui. Cette sorte de grande tristesse qu'il traînait. Contre laquelle personne ne pouvait rien. Et qui faisait de lui quelqu'un dont on avait envie de prendre soin, comme d'un tout petit animal.

Ça avait été le soir, chaque fois. Je nous revois glisser lentement dans les rues calmes. Passant d'un rond de lumière au sol à un autre. Lui et moi soudés. Et très isolés, dans le même temps. C'est-à-dire comme deux bulles hermétiquement fermées marchant côte à côte. Sans échanger le moindre mot. Chacun enfermé dans son propre monde. Auquel l'autre n'avait pas accès. Mais toutefois intimement liés par quelque chose. Quelque chose de très spécial. Dont on ne pouvait pas encore prendre la mesure, à ce moment-là. Comme une aura qui nous aurait englobés tous les deux. Ou la forme d'une ombre identique sur nos visages. Qui devait nous donner des airs de famille. Ou carrément des traits de frères. De faux frères, au moins.

Un jour j'ai su qu'il en avait parlé, de cette chose. Qui nous laissait une impression de plus en plus forte. À sa cousine. Parce qu'elle m'avait appelé le frère. Me voyant arriver au loin, seul. Elle avait dit tiens voilà le frère. Sur un ton légèrement moqueur. Que je n'avais pas osé relever. Ni rapporter à Dylan, un peu plus tard. Me disant que ça lui ferait sans doute autant de peine qu'à moi. Ou même plus. Et que ce n'était pas nécessaire.

7

Contrairement aux plus grands, il n'a jamais cessé de voir sa cousine. Même sporadiquement. Même mal, d'une certaine façon. Mais toujours considérant qu'un lien les tenait unis. Un sentiment ancien et fort. Qui avait même pris un peu plus d'ampleur. Une sorte de profondeur. De laquelle nous n'avions jamais parlé, lui et moi. Mais que je sentais assez nettement. Qui semblait évident, lorsqu'ils se voyaient. Ou ne fût-ce que dans la façon qu'il avait de dire ma cousine. La manière dont il prononçait le mot, pour l'une ou l'autre raison.

Elle devait être un repère. Une balise. L'un de ces panneaux routiers qui indiquent la direction de l'une ou l'autre ville. Et que l'on est heureux de croiser, au plus fort des jours de houle. Au même titre que sa tante et moi, je crois. Les frontières de son monde connu, pourrait-on dire. Tout petit monde. Inscrit à l'intérieur d'un minuscule périmètre. Incluant d'une part la barre d'immeubles. Avec le grillage autour et l'étang derrière. Puis le studio de la cousine, d'autre part. Juste à côté de la gare et du passage souterrain qui débouchait sur le fleuve. Et ces deux pôles, les deux extrémités de son monde, reliés par un long terrain vague.

Quant à la ville ou au quartier de l'Anglaise, ils n'étaient déjà plus que des cartes postales. Des images à coller aux murs. Comme des photographies d'acteurs de cinéma. Je veux dire des petits moments d'évasion, pour lui. Où l'espace d'un instant, il s'imaginait que. Où il rêvait. En sachant tout au fond de lui que ces endroits étaient désormais inaccessibles. Qu'il ne pourrait plus jamais les rejoindre. Et que ce n'était pas tant une histoire de trajet physique. Mais qu'elle n'aurait plus été possible, cette alchimie entre soi et un lieu. Cette sorte de relation amoureuse qui s'était achevée. Dans laquelle on peut parfois vivre toute une vie durant.

Alors il se contentait de ce monde-ci. Un peu par dépit, sans doute. Mais sans jamais donner l'impression de s'en plaindre. Ce territoire compris entre l'étang et le fleuve, pour schématiser. Ces deux eaux. Calme et plate, pour l'une. Autour de laquelle les plus grands venaient s'asseoir, surtout l'été. Violente et sale, pour l'autre. Dans le lit de laquelle devait dormir un peuple d'immondices.

8

Entre nous, ça avait tout de suite pris, si je puis dire. Dès la première fois où nos regards s'étaient croisés. J'avais ressenti quelque chose. Une sensation très forte. Sur laquelle je n'avais pas voulu mettre de mots. Pour qu'elle reste comme un cheval sauvage, cette impression. Qu'elle reste libre.

Et ça n'avait fait que grandir, au fil du temps. Chaque jour, chaque heure. Ça prenait un peu plus de place. Comme si c'était un ballon qui se gonflait d'air. Encore et encore. À tel point que j'avais peur qu'il ne finisse par éclater, un beau jour. Devant tout le monde. Sans prévenir.

Mais le ballon tenait bien. Notre ballon. Assez bien pour ne pas exploser. Ou devenir trop visible. Et que les gens dehors ne le remarquent. Ou ses proches à lui. Sa tante, sa cousine et les plus grands. Les plus grands, surtout. Parce qu'on ne pouvait jamais savoir comment ils allaient réagir. Quelles proportions ça pourrait bien prendre. En imaginant le pire, toujours. Étant donné qu'il y avait déjà eu des histoires avec eux. Des choses qu'on racontait. Vraies ou fausses, d'ailleurs. Ou à peine romancées. Qui faisaient froid dans le dos. Par exemple, qu'un homme des alentours leur devait une certaine somme d'argent. Ou qu'il avait fait des avances à l'une de leurs petites amies de l'époque. Ou bien qu'on l'avait simplement aperçu en train d'adresser la parole à des personnes suspectes, sur une route à l'écart. Et qu'après ça on avait dû repêcher sa voiture au fond de l'étang. Et qu'à l'intérieur de sa voiture, on l'avait trouvé lui. Attaché à son siège. Avec des câbles de chantier.

Mais les versions variaient. Et il en naissait une nouvelle chaque année. Si bien que personne ne pouvait se vanter de connaître la bonne. Mais qu'en tout cas, la chute de l'histoire avait dû être terrible. Et que du coup ça leur faisait une drôle de réputation, aux plus grands. Qui faisait passer l'envie à quiconque de leur chercher des poux. Même si le plus souvent on les voyait tranquilles. Surtout sur les parkings des grands magasins, en ville. Ou sur les aires d'autoroute, lorsqu'ils n'étaient pas partis. À bord du camion blanc, dans lequel il n'y avait plus trace des chiens.

9

Toute cette époque, c'étaient des jours comme aujourd'hui. Des jours du ventre mou de l'été. Où le ciel s'affaisse. En se couvrant de longues traînées mauve et noir. De grandes fleurs tristes.

Tout juillet, ça n'avait été que ça. Cette odeur de naufrage, partout. De fond de cale. Qui dégoulinait des façades. Ruisselait des gouttières et stagnait dans les avaloirs. Qui imprégnait les vêtements. Les gestes aussi. Puis passait les portes pour pénétrer dans la cour des immeubles. Pour grimper à l'intérieur des grandes cages d'escalier et parvenir jusqu'aux appartements. Dans l'intimité des gens, pour ainsi dire. Dans la plus courte discussion. Se glissant entre les mots échangés. Dans le plus petit interstice. Qu'il s'agisse de phrases insignifiantes ou de secrets. Ou des annonces très solennelles de drames tout récents. Nappant tout. Ne laissant rien. Pas un seul millimètre d'existence qui aurait pu demeurer vierge, durant ce mois de juillet-là. Pas une once de surface habitable. Quelque endroit où nous aurions pu poser nos affaires, Dylan et moi. Le temps de souffler un peu. Ou de s'imaginer prendre du bon temps.

La grisaille s'agrippait. Dès l'aube. Nous trempait. Dedans comme dehors. Laissant bien entendre qu'elle était là pour durer. Qu'elle s'accrocherait. Avec la volonté farouche de demeurer l'unique théâtre des événements à venir.

10

Il y avait eu une sorte de moment fondateur entre nous. Très tôt après notre première rencontre. Nous étions sortis dans la nuit. Et peut-être même en passant par le trou dans le grillage, d'ailleurs. Si toutefois il existait déjà.

Dylan tenait une bêche dénichée Dieu sait où. Je portais une lourde caisse. Sur l'épaule droite, en équilibre. Avec le bras enroulé autour, par le haut.

Nous avions attendu qu'il soit tard. Parce que Dylan ne voulait pas être vu. Et qu'au-delà du fait que ça aurait semblé très étrange aux gens qui nous auraient croisés, eh bien c'était parfaitement interdit. Par un décret qui remontait à longtemps. Parfaitement illicite. Et passible d'une peine assez lourde. De laquelle nous n'aurions assurément pas pu nous acquitter. À moins qu'il ne se soit pas agi d'argent, mais d'une privation de liberté. Auquel cas, bien entendu, nous aurions pu assumer. Je veux dire que rien ne nous aurait empêchés de. Mais nous n'y tenions pas vraiment. Ni l'un ni l'autre.

Je n'avais pas voulu regarder à l'intérieur de la caisse. Parce que la vue du sang me donnait de sérieux vertiges. Et que Dylan m'avait dit qu'il y en avait un peu. Pas tant que ça, après tout. Que ça aurait pu être bien pire. Mais un peu tout de même. Resté collé ici ou là.

J'avais simplement accepté de porter la caisse. Sans poser de question. Mais il s'était mis à raconter de lui-même, une fois en route. À parler des débuts, d'abord. Ceux des jours un peu plus heureux. Puis du déroulé de la matinée durant laquelle tout s'était précipité. En l'espace d'une heure. Pas plus. Alors que personne n'avait véritablement eu le temps de comprendre ce qui était en train de se passer. Où les décisions avaient dû être prises dans l'urgence. Parce qu'il avait fallu réagir très vite. Tenter des choses. Dont même certaines qui auraient paru bizarres, en temps normal.

Et ça m'avait certainement persuadé de continuer à porter la caisse sans broncher, cette histoire. Même en sachant qu'il devait encore y avoir du sang à l'intérieur.

Il faisait nuit noire. Nous avions enfilé de longues gabardines d'un vert sombre. Dont Dylan, lui, avait même tiré la capuche sur sa tête. Il marchait légèrement devant. Je suivais les bandes blanches sur le côté de ses chaussures de sport. Parce qu'en l'absence de tout autre objet qui aurait été à peu près clair, dans la nuit, eh bien ces bandes blanches cristallisaient la moindre lumière autour. La plus petite source de luminosité. Même si elle nous était parvenue de très loin. D'un village voisin, par exemple. Même s'allumant par intermittence. Comme celle d'un feu qui crépite. Que des hommes auraient démarré là-bas, pour des raisons obscures.

J'ignore où nous sommes allés, cette nuit-là. Au bout d'un moment, il s'est arrêté. Après que nous avons beaucoup marché. Et que l'un et l'autre nous sommes trouvés à bout de souffle. Il s'est tourné vers moi, et s'est remis à parler. D'une voix très sourde, cette fois. Comme tournée vers l'intérieur. Disant que les dernières minutes avaient été horribles. Pour tout le monde. Et qu'il s'en voudrait toujours, oui, de ne pas l'avoir amené plus tôt. Parce que peut-être que quelque chose aurait été possible, alors. Une sorte d'ultime tentative. Et que l'issue en aurait été changée. Qu'ils seraient simplement rentrés tous les deux. Comme tant de fois auparavant.

Puis il s'est tu. Et sans les voir, j'ai su que des larmes devaient couler le long de ses joues.

Alors j'ai posé la caisse à terre. Délicatement. Pour briser le silence qui commençait à s'installer. Un silence très lourd. Très intense. Je l'ai posée avec le plus de délicatesse possible. Parce que j'ai bien senti que c'était un moment très spécial pour lui. Qui devait être très dur. Et dont je souhaitais qu'il parvienne à être très doux en même temps, d'une certaine façon.

J'ai fait jouer les attaches de la caisse. Elles ont émis un clac très sec. Sans écho. Permettant de désolidariser les deux parties. La rose et la brune. De soulever celle du haut comme un couvercle.

À l'intérieur de la partie du bas, qui lui faisait désormais une sorte de nid, reposait un gros chat noir. Qui semblait apaisé. Hormis la bave séchée sur sa bouche encore ouverte. Laquelle avait dû chercher un dernier souffle. Jusqu'au bout. Avant de ne plus réclamer que la tranquillité. Ne sachant plus que ça, faute de mieux. Qu'il avait su entendre, Dylan. Cette demande. Et parvenir à l'articuler à son tour. Sans trembler. Ce dont il pouvait être fier, d'une certaine manière.

Puis il a commencé à creuser un trou. Tout seul. Et j'ai bien compris qu'il estimait que c'était son rôle. Qu'il n'aurait pas accepté mon aide. Mais aurait trouvé un moyen de la refuser. J'entendais la tête de la bêche s'enfoncer dans la terre. Ce son qui était un froissement en même temps qu'une déchirure.

Quand il a eu fini, il a posé le chat au fond du trou. L'a déposé avec une grande tendresse dans ses gestes. Avec une immense précaution. Ensuite il s'est à nouveau tourné vers moi. On y voyait désormais assez clair, dans l'obscurité. Parce que nos yeux s'y étaient finalement habitués. Ou parce que le jour se levait doucement. Il s'est tourné vers moi et a dit qu'il serait heureux si je prononçais l'un ou l'autre mot. Qui participeraient au moment. Qui demeureraient avec lui, gravés.

Sans réfléchir, j'ai dit que chacun faisait ce qu'il pouvait. Rien que ça. Articulant ces mots-là comme si c'étaient les derniers que j'aurais jamais à articuler. Qu'ensuite il n'y aurait plus rien que le silence. Et le vide.

Alors il a rebouché le trou. Ça a pris un certain temps. Je m'en suis fait la réflexion. Parce que quand nous avons commencé à revenir, il faisait déjà presque jour.

11

Après l'enterrement du chat, il y a eu d'autres nuits. Beaucoup d'autres nuits. Durant lesquelles nous sortions sans parler. Habillés des longues gabardines d'un vert éteint. De leurs capuches que nous tirions sur nos têtes, le plus souvent.

Parfois, c'était vers la ville que nous marchions. Traversant l'entrelacs des ruelles étroites. Tellement étroites qu'on n'en voyait plus le ciel au-dessus. Comme si nous entrions dans un long boyau noir. Où nous avancions presque à tâtons. Et sans doute que je ne pourrais jamais refaire à nouveau ces trajets-là. Parce que je n'y voyais rien. Que je me contentais encore de suivre Dylan. À deux ou trois pas derrière lui. Ce qui était toutefois assez pour entendre son souffle. Qui n'en disait pas plus sur son état ou ses pensées. Qui ne révélait rien. Un souffle normal, disons. À peine un peu plus rauque que d'ordinaire.

D'autres fois, nous longions le fleuve. À partir de la gare et du passage souterrain. Suivant ce chemin probablement pensé pour desservir la ville. Pour rejoindre ses feux. Mais qui n'avait jamais fait que la regarder de loin. Avec une moue rancunière au coin des lèvres. Finissant même par devenir une sorte de symbole du fossé entre les gens d'ici et les citadins. Cet écart irréparable. Comme s'il s'agissait d'une barrière de sécurité qui devait protéger les uns des autres.

C'est lui qui parlait de tout ça. De ces choses sur les gens et les endroits où ils vivent. Et de comment les uns influent sur les autres. Parce que ça lui plaisait d'observer. De rester comme ça à observer autour. Pour en tirer ensuite de grandes théories. Qu'il m'exposait parfois, lorsque nous rentrions à l'appartement. À des heures où tout le monde devait dormir, dans l'immeuble. Parce qu'on avait vu les lumières s'éteindre. Toutes, sans exception. Que c'était même devenu une sorte de signal, à force. L'extinction des lumières à l'intérieur de l'immeuble. Je veux dire que les fois où il avait parlé, ça avait toujours été après que toutes les lumières s'étaient éteintes.

Une nuit, je lui avais dit qu'il devrait en faire un livre, de toutes ses observations. Mais il n'avait pas relevé. S'était contenté de regarder dans le vide. Pas si longtemps. Mais assez pour que je me sente un peu coupable. Un peu inquiet. Que je me demande si je n'avais pas dit une bêtise. Ou touché à quelque chose qui aurait été trop personnel. Mais ensuite nous avions changé de sujet, l'air de rien.

De son histoire avec l'Anglaise aussi, j'avais pensé qu'il aurait pu en tirer un roman. De cette liasse de cartes postales qu'il conservait précieusement. Et même si d'aventure ça n'avait été que du pipeau. Je veux dire même s'il avait inventé cette histoire de toutes pièces. Qu'elle n'en demeurerait pas moins quelque chose de très intime. Qui mettait en évidence des sentiments très forts et très secrets. Et que ça aurait valu le coup, j'imagine.

12

Durant ces nuits-là, il n'y avait jamais rien eu dans ses yeux ou son comportement qui aurait laissé penser que. Je veux dire rien d'assez clair pour en être frappant. Et qu'on se dise qu'il y avait là matière à. Une sorte de terreau sur lequel aurait poussé la suite des événements. Dont on aurait pu, sinon prévoir la tournure, au moins imaginer le genre.

Dans sa tête, je savais qu'il devait surtout y avoir le chat et l'Anglaise. Ces deux moments forts, pourrait-on dire. Comme deux îlots. Deux endroits sur terre qui auraient en même temps évoqué la joie et la tristesse.

Je savais qu'il devait constamment penser à ces deux choses, lorsque nous sortions durant la nuit. Et que dans un même mouvement, il devait tenter d'oublier et s'entêter à s'y accrocher. Malgré la certitude que l'Anglaise ne reviendrait jamais. Si elle avait véritablement existé un jour. Pas plus que le chat ne ressusciterait un beau matin. Par magie. Qu'aucun de ces deux moments ne trouverait jamais de suite. Pas dans cette vie, du moins.

Peut-être qu'il avait eu la possibilité de rejoindre l'Anglaise. Sans le dire à personne. Mais que cela aurait forcément impliqué le fait de partir. Et que ça, c'était exclu. Qu'il n'en avait jamais été question. Parce que ça aurait supposé de quitter le chat, d'une part. Sa sépulture. Et de posséder au moins de quoi voir venir, d'autre part. Ou d'être prêt à faire mille et une démarches. Remplir une foule de formulaires. Se présenter à des dizaines de rendez-vous. Tôt le matin. Comme l'avait fait la cousine pour obtenir le studio près de la gare.

Ce qui avait toujours été exclu aussi, c'était de regagner le taudis en ville. La puanteur qui allait avec. Et le passage incessant des gens. Le bruit de leurs pas. Ce martèlement sec. Qui empêchait tout bonnement de fermer l'œil. Même la nuit. Au point que ça n'a très vite plus eu le moindre sens, le jour et la nuit. Parce que l'on était proche des deux dancings et du cinéma. De cette placette dérobée qui les desservait tous les trois. Où l'éclairage public s'achevait. D'un commun accord avec tout le monde. Qui fermait les yeux sur ces choses-là. Qui acceptait la proximité de ces lieux troubles, pourvu que tous les vices y soient concentrés.

Et la lumière éteinte sur eux. Comme des paupières closes. La nuit les couvrant. Les recouvrant. Laissant le reste de la ville tranquille. Comme après un pacte que les gens d'ici auraient signé. Des deux mains.

Même si ça avait été quelque chose de très particulier, là-bas. Que Dylan s'y était trouvé, d'une certaine manière. S'y était découvert intimement. En glissant lentement tout au fond de lui. Vers une sorte d'état originel. Ou de lieu secret. D'endroit qui lui aurait été très ancien.

13

C'étaient des sentiments étranges, qui nous jetaient dehors. Desquels j'aurais pu dire qu'ils ne venaient pas tout à fait de l'intérieur. Mais qui étaient hors de nous. Comme un être à part entière qui s'allumait. Sur lequel nous n'avions aucune influence. Qui prenait les rênes, en quelque sorte. Et nous guidait par les rues. Ou sur le quai, le long du fleuve. Qu'il aurait été hypocrite d'appeler promenade. Tant ça ne collerait jamais à la réalité des choses. Parce que ce mot-là porte en lui l'image d'une flânerie heureuse. D'une balade insouciante. Et qu'ici ça avait plus certainement à voir avec l'errance. Avec l'ennui. C'était comme un terrain vague, ce quai, qu'on aurait découpé en tronçons. Puis on les aurait assemblés les uns aux autres, dans la longueur. En une fine bande de terre désolée. Tout autour de la ville.

C'était une impulsion qui s'emparait de nous. Pareil que si une voix méchante nous avait crié de sortir. Sans pourtant que nous n'ayons rien à y faire, dehors. Rien de précis, je veux dire. Sinon cette espèce de déambulation un peu lourde, durant la journée. Quotidienne et lente. Qui prenait un autre tour pendant la nuit. Dans nos gabardines sombres. Sous les capuches tirées.

Dylan avait pour ainsi dire inventé cette chose-là. Il l'avait enfantée, d'une certaine manière. Puis couvée en silence. Avant qu'elle ne se mette à circuler entre nous deux. Dans un va-et-vient trouble.

Comme des drogués, je veux dire. Ou des gens atteints d'une violente fièvre. Qui sortent dans les rues comme des déments. Cherchant ce qui serait capable au moins d'apaiser. À défaut de ne jamais parvenir à guérir. Une substance qui ferait au moins chuter la température. Ne fût-ce qu'un instant très court. Et rendre au corps sa souveraineté.

14

Chaque fois c'était l'impression de glisser. De s'enfoncer lentement vers l'inconnu. Comme si nous nous laissions couler au fond d'un lac. Sans pourtant nous inquiéter de ce que nous pourrions devenir.

Parce que de l'extérieur, on nous sentait déjà absents. Ou ailleurs, plutôt. Absorbés par quelque chose qui nous dépassait. Et nous avalait, en quelque sorte. De manière à ce qu'il ne reste presque plus rien de ce que nous avions été, à terme. C'est-à-dire que ceux qui nous avaient connus enfants, par exemple, pourraient ne plus du tout nous reconnaître. Et passer à côté de nous sans nous voir, s'ils nous croisaient par hasard. Dans la ville, peut-être. Ou le long du fleuve. En orbite, pour ainsi dire. Peu à peu en dehors de la marche des choses et de la vie comme elle va. Avec ses joies et ses peines. Son quotidien pavé de tout un tas de minuscules événements.

Ça, je l'avais à l'esprit. Le fait que nous étions en train de changer. Puis aussi la sensation que ça finirait mal. Relativement mal. D'une manière ou d'une autre. Qu'il n'y aurait pas d'autre issue possible que celle-là.

Mais c'était au-delà de nous. De notre volonté. Comme un tourbillon qui nous emportait. Une force à laquelle nous ne pourrions jamais résister. Même si d'aventure nous avions décidé de. Ou essayé de faire en sorte que.

Ça s'était vu sur son visage à lui. Peut-être parce qu'il marquait bien, son visage. Comme on dit de quelqu'un qu'il prend bien la lumière. Qu'il l'attire et la retient, pour la restituer ensuite devant une caméra. Ou bien parce qu'il était plus touché que moi par ce qui nous arrivait, Dylan. Malgré tout ce qu'il avait vécu avant. Plus frappé par ce qui nous tombait littéralement dessus.

Je ne sais plus si je lui ai parlé ou non de ces certitudes. Peut-être ai-je au moins essayé de les dire, à un moment ou à un autre. Mais très bas. Dans un chuchotement à peine. De sorte qu'il n'aurait rien entendu. Même en tendant l'oreille. Même s'il l'avait voulu, je veux dire. Et qu'il serait resté de marbre. Sans la moindre réaction. Presque figé dans l'ombre de sa capuche remontée.

Alors j'ai sans doute gardé ces pensées pour moi seul. Comme des secrets. Tout au fond de moi. Qui ont peut-être fini par s'y diluer, à l'intérieur. À s'y éteindre petit à petit. Jusqu'à ce que j'oublie finalement. Que je ne sois même plus en mesure de répondre, si d'aventure on m'interrogeait là-dessus. Sur toute cette histoire.

15

Ça aurait pu durer une éternité, ainsi. Sans que rien ne bouge. Mais une nuit, il y avait eu autre chose. Nous avions dérivé, un peu après la ville. Derrière les ruelles et les derniers bâtiments gris. Abandonnant ces couleurs et ces odeurs-là, refermées sur elles-mêmes. Empêtrées. Leur entrelacs. Dans l'enchevêtrement duquel le moindre son se répercutait longtemps. Même après qu'il a fini de mourir. La moindre voix. Rebondissant comme une balle molle. Avec son écho fatigué pour unique et éternelle réponse.

Nous avions continué sur d'autres chemins, vaguement pavés. Dont je n'avais jamais soupçonné l'existence. Qui montaient fortement. Puis redescendaient, abrupts. À tel point que l'œil ne pouvait jamais saisir ce que la route devenait, après son point culminant.

Lentement, les images de la ville disparaissaient. Deux lignes de trembles couvaient le chemin sur lequel nous marchions. Depuis une heure, peut-être. Ou peut-être un peu plus. Mais personne ne nous attendait. Ni à l'appartement, ni ailleurs. Je veux dire que c'était déjà comme s'il n'y avait plus rien pour nous, là-bas. Sans compter que son chat à lui était enterré, désormais. Bel et bien parti. Recouvert sous l'épaisseur d'une bonne dizaine de pelletées. Qu'il ne serait plus jamais là à l'attendre, du coup. À pousser ce miaulement étrange. Qui faisait vraiment penser à un cri d'enfant. Un cri de joie. En même temps qu'il venait se frotter à ses chevilles, dès qu'il entrait. Où qu'il ait été juste avant. Puis à trouver le moyen de grimper sur son épaule. Dans le creux entre son épaule et son cou. Se blottissant là. Sans plus rien dire. Rassuré. Satisfait. Où il pouvait rester des journées entières, parfois. Comme si rien ne pouvait leur arriver, à l'un et à l'autre.

Alors nous ne nous sommes pas arrêtés. Nous avons continué sur le chemin qui montait. Sans rien savoir de ce qu'il y aurait ensuite.

Au fur et à mesure, des lampadaires se sont mêlés aux trembles. Ce genre de lampadaires qu'on voit dans les quartiers riches. Qui diffusaient une belle lumière orangée. Très chaude. Très pleine et très tendre en même temps.

Nous avons abaissé les capuches de nos gabardines.

Parce que ça faisait bizarre, dans cet endroit. Que vraiment ça nous donnait des allures suspectes. Nous avons découvert nos têtes et nos visages. En même temps. Comme si ça avait été un seul geste pour deux. Et sur son visage à lui, il m'a presque semblé saisir un sourire. En tout cas je me suis dit que s'il avait souri, je l'aurais vu sans problème. Parce que le jour se levait doucement. Que nous avions dû marcher toute la nuit durant. Sans nous en être aperçus. Et que désormais, à gauche comme à droite, on voyait de lourds portiques. Espacés les uns des autres de plusieurs mètres. Métalliques, le plus souvent. Et derrière eux encore, après d'immenses jardins, les longues façades de belles villas en retrait.

16

Impossible de dire lequel de nous avait véritablement eu l'idée de la suite. Ou si ça avait préexisté aux événements. Comme un script écrit de longue date. Ou un film mal effacé sur une bande, qui parfois refait surface au beau milieu du nouvel enregistrement.

Rien ne fut jamais dit. Jamais formulé. Et peut-être d'ailleurs que ça avait été quelque chose comme une lampe ou un feu s'allumant au même moment dans nos deux esprits. Nos deux têtes qui devaient probablement déjà ressembler à deux vieilles sœurs jumelles. Légèrement inquiétantes pour qui les croiserait. Le soir surtout. Lorsqu'elles descendraient d'une rue en pente. Et que dans leur dos, les semblants de lumière brouilleraient leurs traits. Dissimuleraient leurs grimaces.

Et cela bien que nous ne nous connaissions pas depuis si longtemps, au fond. Que je ne l'aie pas connu enfant, par exemple. Ni lui non plus, bien sûr. Mais nous nous étions pour ainsi dire reconnus. D'instinct. Devinant qu'il devait se trouver des choses semblables, à l'intérieur de nous. Des images et des formes. Des sons agencés de la même manière.

Ainsi, personne n'avait eu à dire quoi que ce soit. À lancer cette idée-là. Qu'il aurait articulée clairement. Qu'il aurait détaillée, peut-être. Avec cette sorte d'espérance inquiète de voir l'autre rallier son projet.

Ça avait été d'une grande clarté, je crois. Même si rien d'autre ne s'était produit à cet instant. Rien hormis la certitude que ça allait se produire. Tôt ou tard. Que c'était désormais inévitable.

Ensuite nous étions redescendus sagement. Sans chercher à prolonger ce qui avait germé en nous. Sans dire un mot. Ni faire un seul geste qui aurait vaguement évoqué un lien avec ça. Ne remisant pas non plus les capuches des gabardines sur nos têtes. Histoire de ne pas attirer l'attention. De n'effrayer personne. Avec nos visages dissimulés dans l'ombre. Et rien d'autre que les yeux qui auraient percé. S'extirpant de là avec une sorte de violence. Ce qui aurait amplement suffi pour que quelqu'un décide d'appeler la police. Disant qu'il y avait ce matin-là, très tôt, deux silhouettes traînant dans le quartier des villas, sur les hauteurs. Deux jeunes hommes, probablement. Parce qu'aucune des deux silhouettes ne portait de robe ou de cheveux longs. Entre vingt et vingt-cinq ans, peut-être. Aux visages dissimulés sous des écharpes ou des capuches. Qui n'étaient sûrement pas du coin. Mais devaient plus certainement habiter la barre d'immeubles, en contrebas. Et sans doute s'adonner ici à une sorte de repérage en vue de. Parce que les Lafontaine, par exemple, avaient déjà été cambriolés au début du mois passé. Malgré le système d'alarme et le grand portique. Qu'à l'intérieur, ils avaient tout retrouvé sens dessus dessous. Les moindres recoins ayant été fouillés. Les grands cadres décrochés. Même les matelas retournés. Et que depuis, on se méfiait tous un peu. Qu'on avait décidé de faire appel à une société de gardiennage. Sans pour autant cesser de s'entraider. Et de rester à l'affût. Si d'aventure quelqu'un apercevait quelque chose de suspect. Parce qu'on demeurait les mieux placés, évidemment. Remarquant bien vite qui était du coin, et qui ne l'était pas.

17

Ensuite, ça avait vraiment été comme si tout s'accélérait. Se resserrait d'un seul coup. Il n'y a plus eu que cette idée entre nous. Cette obsession pour deux. Monter à nouveau vers le quartier des villas. Lentement. Glisser entre les trembles et les lampadaires. Dans leur nuit légèrement orangée. Dans leur chaleur. Le long de cette rue, éclairée comme une scène discrète. Un théâtre intime. Où nous nous serions tenus une nouvelle fois. Et encore une autre fois, infiniment. Pour rien. Je veux dire sans raison apparente. Sans but précis. Sinon celui d'être là. Qui nous donnerait le sentiment de parfaire une sorte d'ordre des choses.

C'était sans doute ce que j'avais éprouvé de plus profond. De toute ma vie. Au point que ça me donnait l'impression d'avoir trouvé une place. Avec lui, Dylan. Un endroit qui n'aurait été rien qu'à nous. Où il nous suffisait de nous tenir. Même immobiles. Même muets.

Pour jouir de la sensation d'être utiles au monde. Enfin. De lui amener notre part silencieuse. Notre tribut délicat. Depuis ce lieu, ce quartier chic juché sur les hauteurs. Cette rue au milieu de laquelle nous détonnions. D'une manière presque provocante.

Nous n'en avons pas parlé non plus, de ce changement à l'intérieur de nous. Du sentiment de vitesse que ça commençait à prendre. Comme un corps qui accélère au fur et à mesure de sa chute. Avec en prime ce son émis par l'air fendu, tout autour. Ce sifflement en guise de compte à rebours. Jusqu'à l'impact de plus en plus imminent.

Nous sommes restés silencieux. Mutiques face à cette force dont nous savions qu'elle allait nous pousser à. Un jour. Bientôt. En dépit de cette barrière symbolique que ça nous ferait franchir. Cette force à laquelle il serait tellement vain de tenter de résister. Qui s'affirmait à l'intérieur de nous. Qui prenait de l'ampleur.

18

Et Dylan l'avait dit lui-même. Un peu après. Qu'avec ces gabardines d'un vert fauve, nous n'avions l'air de rien d'autre que de cambrioleurs. Qu'il fallait que je comprenne. De voyous en repérage. Là, dans le quartier des villas. À cette heure de la nuit. Qu'il n'y aurait jamais aucune autre place pour nous, là-bas.

Parce qu'il s'était mis à parler, soudainement. Comme s'il sortait tout juste d'un long sommeil. D'une voix encore mal assurée. Frêle. Hésitante. Disant que c'était très simple. Qu'il avait entendu les plus grands en parler, de ce genre de choses. À l'époque où la famille était encore très liée. Ils garantissaient que c'était trois fois rien. Qu'au fond, ce qui était primordial, c'était de bien prévoir son coup. Largement à l'avance. Pour que rien ne soit laissé au hasard, une fois sur place. Ni le rôle de chacun, ni le terrain. Parce qu'il fallait également bien l'étudier, le terrain. L'avoir d'ores et déjà dans les jambes, en quelque sorte. L'avoir parcouru de long en large au préalable. Durant de longues heures, si nécessaire. Histoire de réduire les risques de voir débouler la moindre surprise. D'être en mesure de parer à toutes les éventualités. Un voisin qui aurait des habitudes nocturnes, par exemple. Un joggeur qui s'égarerait. Ou simplement les heures de ronde d'un service de sécurité que l'on n'aurait pas immédiatement remarqué. Aussi incroyable que ça puisse paraître. Mais qui était bel et bien présent. Avec des uniformes et une minuscule cahute, un peu plus loin. Au bout de la rue. Dans laquelle les deux agents prenaient autant de pauses que possible. Parce que les gens des villas avaient largement de quoi payer. N'avaient pas été regardants sur le tarif. Et qu'on se disait, du coup, qu'ils ne devaient l'être bien plus au niveau de la rigueur. Étant donné que l'uniforme seul avait suffi à faire de l'effet. Laissant présager du professionnalisme. Avec ce logo cousu sur les casquettes et les chemises. Qui représentait un cerf noir à l'intérieur d'un rond jaune.

19

Là-dessus non plus, je n'avais pas voulu mettre trop de mots. Et pas par paresse. Mais parce que j'avais senti que ça devait rester comme ça. Je veux dire quelque chose de silencieux. Où il y aurait un espace très blanc à la place des mots. Comme une longue plage déserte, à la toute fin de l'été. Avant, pendant et après que l'action se déroule. Que l'événement ait lieu. Et même si d'aventure il devait y avoir une cinquième ou sixième fois, par exemple. Ou peut-être même plus. Que cet acte soit amené à devenir une sorte d'habitude. Eh bien peu importe. Parce qu'il ne serait jamais question de compter. Non, il ne s'agirait jamais de ça. Je veux dire d'en faire le plus possible. D'en avoir des tonnes à raconter. Pour se vanter. Parader devant les autres, comme avaient parfois l'air de le faire les plus grands autour de l'étang. Qui auraient été jaloux, d'une certaine manière. De nous qui avions franchi le cap. Qui avions sauté le pas. Un pas violent sans doute, vu de l'extérieur.

Ça a été bien différent, en vérité. Et de ne pas nommer les actes et les pensées, ça les a vraiment gardés à l'intérieur. Bien au fond. Tous ces gestes et ces images. Avec leurs conséquences, aussi. Qui n'apparaîtraient que bien après, elles. Comme une fleur qui s'ouvre peu à peu. Comme une multitude de secrets dévoilés après coup.

Les mots précis pour qualifier ce que nous faisions, je ne les ai entendus que bien plus tard. Lorsque tout a été fini. Prononcés par les plus grands, je crois. Et ils avaient sonné avec une sorte de douleur. Ou de grande tristesse, plutôt. Qui était tombée tout autour, dans l'air. Comme s'il avait neigé de la tristesse.

J'avais eu envie de pleurer. Parce qu'une fois prononcés, ces mots n'avaient plus rien eu à voir avec tout ce que nous avions vécu. Je veux dire l'Anglaise et les cartes postales. Le chat et la tombe assez large qu'il avait fallu lui creuser. Nos errances dans la nuit. La manière dont je parvenais à sentir s'il souriait, même sans pouvoir apercevoir son visage. Et les instants où il se mettait à parler. Toutes ces choses qui nous liaient à l'intérieur d'une seule et même histoire.

Une fois formulés, ces mots-là m'avaient semblé

tellement froids. En même temps qu'un peu indignes. Un peu honteux. Et qu'ils effaçaient pour ainsi dire toute la tendresse qu'il y avait eu, aussi. Ces sentiments forts entre nous. Cette grande délicatesse. Qu'à mes yeux ils ruinaient tout, ces mots qui étaient venus ensuite.

20

Il y avait eu des battues, après. Qui duraient jusque tard dans la soirée. Du côté des terrains vagues, d'abord. Puis vers la gare. Derrière les clôtures qu'il avait bien fallu installer. Parce que certains enfants des immeubles venaient là, d'ordinaire. Pour y guetter le passage des trains. La lumière à l'intérieur de chaque compartiment, qui ne faisait qu'un seul ruban jaune orangé, avec la vitesse. Pour jeter des pierres ou des brols sur les rails. Et vérifier ce qu'il se passerait, dans l'hypothèse où. De ces choses qui traînaient au sol. Parce que les alentours servaient aussi de dépotoir à ciel ouvert. Depuis toujours. Où tout un chacun venait se délester des objets dont il ne voulait plus. Qu'ils fonctionnent encore ou non.

Autour de la barre d'immeubles aussi, ils avaient cherché. Mais sans jamais rien trouver, bien entendu. Marchant en rangs serrés. Ordonnés. Comme s'ils avaient formé un peigne gigantesque. Pour ratisser la zone, avaient-ils dit. Et multiplier les chances. Des gens de la police, en uniforme. Mais aussi des habitants du coin. Dont certains qui ne connaissaient même pas Dylan. Ne l'avaient jamais vu. Sinon sur une photographie que quelqu'un avait fait circuler, à un moment. Mais qui avaient bien voulu donner un coup de main. Parce qu'elle avait ému pas mal de monde, cette histoire. Même au-delà de la ville. Et chacun s'imaginant au moins une fois que les plus grands n'y étaient peut-être pas pour rien.

Des hommes-grenouilles avaient même sondé le fond de l'étang. Un matin, très tôt. J'avais vu l'eau mousser légèrement sur leurs combinaisons, à l'instant où ils avaient plongé. La vedette qui les avait amenés restant là à les attendre, en plein milieu. Tout le monde s'était dit qu'il n'y avait jamais eu de bateau sur l'étang, et ça avait été une image surprenante.

Il s'était bien écoulé une vingtaine de minutes, avant qu'ils ne remontent à la surface. Un temps durant lequel on était restés quelques-uns à attendre. Autour. Nous disant qu'il allait peut-être se produire quelque chose, alors. Quelque chose de vraiment stupéfiant. Bien plus que de voir un bateau au milieu de l'étang. De glaçant. Qu'on aurait tous mis une éternité avant de pouvoir accepter comme étant la réalité.

Mais il ne s'était absolument rien produit de particulier, ce matin-là. Les hommes-grenouilles étaient finalement remontés à la surface. Sans rien. Sinon des grimaces désolées. Et la peau de leurs visages que le froid avait légèrement bleuie. Malgré les combinaisons. Et des regards fuyant les gens comme moi, qui attendaient sur la berge. Parce qu'ils se disaient certainement que nous étions de la famille, pour avoir voulu attendre comme ça, dans le froid. Ou des amis très proches.

21

La tante et la cousine y avaient cru. Sincèrement, je veux dire. Avaient imaginé qu'on trouverait finalement Dylan. Le corps déjà bleu. Les bras ballants, comme désarticulés. Et la tête retombant vers l'arrière, quand l'un des hommes-grenouilles l'aurait remonté. Le tenant comme une sorte de Belle au bois dormant. Un bras sous les genoux, et l'autre sous la nuque. Mais qui ne se serait pas endormie, cette belle-là. Ni naturellement, ni sous l'effet d'un quelconque sort jeté sournoisement par une sorcière.

Moi, je n'avais pas pu leur parler à nouveau, ensuite. Parce que tout s'était précipité. Que les choses s'étaient enchaînées les unes aux autres. Avec une rapidité folle. Mais je reste persuadé qu'elles y avaient cru. Jusqu'au bout. Qu'on allait finir par le retrouver. Et peu leur importait si ça devait être au fond de l'étang ou du fleuve. Ou par exemple dans la poussière d'un terrain vague, derrière la barre d'immeubles. Mais qu'à un moment donné, sa dépouille ferait son apparition. Comme le clou amer d'un spectacle étrange. L'apothéose. La scène finale d'un film. Pour laquelle tous les acteurs se seraient rassemblés. Afin d'assister au dénouement. Après quoi il en serait bel et bien fini de cette histoire-là. De lui, Dylan, en tant qu'être vivant. Et des suppositions. De l'inquiétude. Des accusations aussi, qui étaient tombées sur elles deux, comme sur d'autres.

D'une certaine manière, j'imagine qu'elles l'avaient espéré, ce moment-là.

Mais il n'y avait rien eu. Rien en guise de clôture officielle. Pour dire que l'affaire était réglée, en quelque sorte. Qu'il n'y avait plus qu'à s'habituer, désormais. Ou tenter de passer à autre chose. Même lentement. Parce que l'incertitude, elle, allait demeurer. Les questions. Et presque un peu de rancune envers lui, aussi. Que personne n'oserait jamais formuler. Une sorte de jalousie. Parce qu'il était parvenu à quitter le quartier, lui. Sans doute les pieds devant, certes, mais tout de même. Même si un doute subsisterait toujours. Étant donné qu'en l'absence de dépouille, il était tout de même permis d'imaginer que. De ne pas ranger définitivement la possibilité qu'il ait réussi à.

22

Nous montions chaque nuit vers le quartier des villas. Lentement. Sans jamais rien évoquer de ce que nous étions sur le point de faire. Qui allait se produire à coup sûr. Nous le savions désormais. Ne parlant de rien. Ni des éventuelles conséquences, ni de la suite logique qui nous amenait là. Je veux dire la somme des événements qui avaient eu lieu depuis notre enfance, sans doute. Et qui avait probablement dessiné pour nous comme un chemin faiblement éclairé, qu'il nous suffisait de suivre. Une route sombre qui menait à ces nuits.

Les premiers temps, nous étions restés calés dans l'ombre. Observant. Scrutant les moindres détails. Guettant la moindre petite chose qui aurait pu nous devenir utile. Même vaguement.

Aucune des villas n'avait son vis-à-vis, de l'autre côté de la rue. C'étaient des talus en fleurs. Des barrières et des haies. Où la lumière des lampadaires ne parvenait pas. Presque pas. Y laissant une obscurité plus dense encore. Plus ténébreuse et chargée. Dans laquelle le moindre bruit de branche cassée résonnait avec plus de lourdeur. Avec une tension de cinéma.

Je n'ai jamais su, non, si quelqu'un avait ne fût-ce que soupçonné notre présence. Cachés là. Les premiers temps, du moins. À scruter les éventuelles allées et venues. Les potentielles habitudes nocturnes des riverains. Aussi les profils de chacun, que nous tentions d'apercevoir. Dans l'encadrement de l'une ou l'autre fenêtre. Surprenant furtivement une scène de cette vie dont nous ne savions rien. Même de loin et à travers la nuit. Depuis notre cachette. Cet amas de fleurs sauvages, en désordre. Qu'il aurait sans doute suffi d'écarter. Du bout des doigts. Par le premier badaud venu. D'ouvrir en deux comme un fruit. Pour y découvrir nos deux corps serrés. Presque imbriqués l'un dans l'autre. Afin de rentabiliser l'espace. Et peut-être calmer une sorte d'angoisse. D'appréhension. Chacun emmitouflé dans sa gabardine. Les deux visages enfouis sous les capuches abaissées.

Parce que non, il n'a jamais été question de plaisir, dans ces moments-là. Ni de joie ni de jeu. Mais de quelque chose qui devait se faire. Qui nous était imposé, presque. Sous peine d'être condamnés à demeurer comme les autres. Contraints de vivoter. D'être là, à traîner. De derrière la barre d'immeubles jusqu'à l'étang. Puis aux terrains vagues. Ou près du chemin de fer et du fleuve. Et dans les appartements, aussi. Avec les traces d'humidité sous le papier peint. Qui se montraient comme si elles levaient une main pour saluer ou demander la parole. Qui faisaient de larges auréoles. Comme de grandes fleurs. Ou parfois, par le plus grand des hasards, figuraient vaguement des formes connues. Identifiables, disons. Un lapin ou un aigle. Un chapeau de cow-boy, dans l'encadrement de la fenêtre. Et qui restaient là, ces traces, pour toujours.

23

Je n'ai rien noté de ces nuits de guet. Absolument rien. Que j'aurais éventuellement retranscrit quelque part. Dans un carnet noir que j'aurais détenu, par exemple. À la manière d'un détective de cinéma. Cette image usée. Dont j'aurais rempli les pages au fur et à mesure. Des déplacements et des détails. Des événements visibles, tangibles. Et de ceux qui se produisaient à l'intérieur de nous.

Je n'avais laissé aucune trace écrite de cet homme qui sortait chaque nuit de l'une des villas. La première, en partant de la gauche. Vers une heure ou deux heures du matin. Rien rapporté de ses gestes, du coup. Empressés et langoureux à la fois. Dans une sorte d'incohérence mécanique. De non-sens absolu. Mais qui avaient lieu pourtant. Devant nous. Des mouvements taillés pour la nuit, justement. À tel point que j'avais ressenti le besoin de la dire à voix haute, cette impression d'évidence. Et que je n'aurais jamais imaginé un seul instant pouvoir d'aventure les observer en plein jour. Ou difficilement, disons. Qu'ils auraient sans le moindre doute attiré l'attention de tout le monde autour, s'ils s'étaient produits en pleine journée. Soit heurtant les badauds. Soit les intriguant. Ou possiblement les deux à la fois.

Cet homme sortait par la grande baie vitrée, à l'avant. Et restait là. Sans autre lumière que le disque orangé du lampadaire, un peu plus loin. Mais qui n'éclairait rien pour lui. Qui devait seulement relever l'une ou l'autre forme, dans l'obscurité. En appuyer légèrement les contours.

Il sortait, et s'arrêtait là. Comme s'il s'était véritablement agi de sa destination finale. Son objectif de longue date. Un peu devant la baie vitrée.

Nous ne distinguions pas son visage. Seulement ses yeux, parfois. Qui s'essayaient soudainement à briller dans le noir.

C'étaient de longues minutes d'immobilité. Des minutes d'un grand silence. D'une sorte d'absence. Comme si ça avait été une nuit dans la nuit. Un sommeil à l'intérieur d'un autre. Sans qu'il se passe absolument rien. Ensuite il grattait une allumette. Qui n'éclairait que très brièvement son visage, lorsqu'il en approchait la flamme. Avec laquelle il allumait une cigarette.

Puis il fumait, très lentement. Avec ces gestes, longs et amples. Des gestes de tragédie, au fond. Déployés avec une sorte de démesure. Pour que, s'ils avaient été filmés, la caméra montre bien que l'on insiste. Qu'à travers eux on cherche à dire quelque chose, sans avoir à prononcer le moindre mot. Qu'il y ait là, derrière le silence, quelque chose à entendre.

À chaque nouvelle bouffée de fumée tirée sur la cigarette, le bas de son visage rougeoyait un peu. Mais jamais assez pour que l'on en distingue parfaitement les traits. Ni même pour faire apparaître un détail qui aurait accroché le regard. Qui aurait su retenir l'attention. Un signe distinctif, je veux dire. Un bec-de-lièvre, par exemple. Ou une toute petite cicatrice sur la pointe du menton, légèrement rose et enflée.

24

Dylan avait eu l'idée de l'appeler l'homme de cinéma. Rapport à ses gestes. Qui semblaient vraiment avoir été écrits à l'avance. Scénarisés. À leur ampleur, aussi. Et au fait que nous les suivions de loin, comme une intrigue sur un écran. Au fur et à mesure. Ignorant tout à fait sur quoi ils allaient bien pouvoir déboucher, lorsque le jour apparaîtrait finalement. Quelle scène ou quel épilogue. Quelle chute. Et ce que cela nous dirait de cet homme, après coup. De ce qu'il faisait là, en plein milieu de la nuit. À répéter sans cesse le même manège. Devant la baie vitrée de cette villa, dont il n'était peut-être pas le propriétaire.

Il faudra venir demain, avait dit Dylan. Pour l'homme de cinéma. Pour voir s'il sera encore là. Entre une heure et deux heures du matin. Devant la baie vitrée. Demain et puis tous les autres jours. Pour en savoir plus. Et s'assurer que.

Moi, j'ai pensé que nous aurions pu passer aux villas voisines. Qui semblaient plus probablement inhabitées. Parce que les gens de ce quartier-là partaient, en cette saison. Et certainement pas au même endroit que les plus grands. Ils avaient des villas pareilles à celles-ci, ailleurs. Qu'ils quittaient de la même façon, lorsqu'ils revenaient. Faisant de ces quartiers des quartiers fantômes. Des sortes de patelins abandonnés. Où les lampadaires s'allumaient pour personne.

Nous aurions pu passer aux autres maisons, mais il y avait cet homme, désormais. Qui, sans le soupçonner, s'était mis à représenter quelque chose pour nous. Quelque chose de trouble. À peupler un espace, tout au fond. À l'intérieur. Une place vacante. Un endroit dans nos corps où n'était passé que du vent, jusqu'ici. Et où il venait d'établir ses quartiers. L'air de rien. Notre acteur secret. Unique personnage d'un film dont nous étions probablement les seuls à suivre la trame. Enjoués et inquiets. Fragiles. Dont le scénario nous réserverait assurément des découvertes. Sur nous-mêmes et le monde autour. Par un étrange effet miroir. Sur la suite des événements, en tout cas. La tournure qu'allait bien pouvoir prendre cette histoire.

25

Une nuit, nous nous sommes approchés. Avons quitté le talus en fleurs. Pour le voir de plus près, l'acteur. Comme si nous collions notre nez à l'écran. Pour le détailler plus précisément.

Il portait une chemise de couleur crème. Ouverte jusqu'au milieu du torse. Un pantalon à pinces et les cheveux coupés court.

Dos à la baie vitrée, après avoir allumé sa cigarette, il s'était mis à parler. Très doucement. Comme s'il s'adressait à quelqu'un qui aurait été sur le point de s'endormir. À un enfant. En détachant exagérément chaque syllabe. D'une voix très grave. Sans paraître lourde pour autant. Mais dont la profondeur surprenait. Une voix qu'on aurait pu dire d'outre-tombe, aussi. Celle d'un mort qui se serait directement adressé à nous. Par des voies de communication troubles. Des filins étranges et délicats, tendus entre deux mondes.

ne font jamais obstacle à. Qui se posent là un instant, avant que le destin ne reprenne finalement ses droits.

Il a dit que ce ne serait que ça, Dylan. Pas plus, pas moins. Et j'ai probablement dû répondre que oui. Sans avoir à ajouter un autre commentaire. Ou même seulement à hocher la tête. De haut en bas. Pour dire c'est d'accord.

27

Ou c'était peut-être moi, après tout. Moi qui pour la première fois l'avais appelé l'acteur, cet homme de la villa. Parce que j'avais vu des films. Un tas de films. En noir et blanc, chaque fois. Lorsque j'étais enfant et que mon oncle me gardait. À une époque que je pourrais sans doute nommer la bonne époque. Parce qu'il possédait un vieux téléviseur relié à un magnétoscope, cet oncle. Qu'il avait installé l'un et l'autre sous les toits. Dans une pièce que la plupart des gens auraient sans doute qualifiée de grenier. Mais qu'il avait vraiment dépoussiérée. Et arrangée. Y étendant un grand tapis rond, au sol. Et des coussins dessus, en désordre. Et où il avait punaisé aux lambourdes des photos découpées de l'un ou l'autre magazine. Des photos en noir et blanc, elles aussi. Qui étaient des portraits d'acteurs. De ceux qui jouaient dans les films que nous regardions.

J'avais peut-être pu me dire que l'homme de la villa

était un des leurs. Qu'il aurait eu sa place parmi eux, en tout cas. Et son portrait apparaître sans le moindre doute dans ce grenier, punaisé.

Mais peut-être n'avais-je fait que penser cette idée. Ce rapprochement. Sans jamais oser le formuler. Et que j'avais sagement attendu que Dylan prenne les devants. Qu'il le dise lui. Pour l'appeler à mon tour l'acteur. Ou l'homme de cinéma. Cet homme qui passait le seuil de la baie vitrée d'une villa, la nuit. Qui se tenait d'abord dans le silence. Puis se mettait à parler, pour lui-même ou pour personne. Pour combler quelque chose de très ancien. Un vide. Ou pour nous peut-être, qui l'observions. Nuit après nuit. Fidèlement. De loin, au début. Depuis l'autre côté de la rue. Tapis dans les taillis pleins d'ombre. Puis de plus en plus près.

28

J'aurais aimé que nous suivions cet homme. Au moins une fois. Lorsqu'il glissait dans la nuit. Qu'après son manège il descendait la rue des villas.

J'aurais voulu que nous le filions. Qui peut-être s'en allait vers un autre rôle. Un autre film que celui qu'il avait joué pour nous. Entièrement tourné sous la lumière du jour, cette fois. Et entouré de bien d'autres acteurs. Des hommes et des femmes. De tout âge. Certains qui seraient amenés à s'attarder devant la caméra. À y articuler l'un ou l'autre mot. Ou même des phrases entières. D'un texte écrit longuement à l'avance. Et d'autres qui ne passeront à jamais qu'au second plan. Derrière un arbre ou une fenêtre. À l'arrière et à contretemps de la véritable scène. N'incarnant qu'une silhouette furtive. De laquelle personne ne devra jamais rien apprendre. Un peu à la manière de ce qu'auront été la tante et la cousine, pour moi. Une ombre rapide. Comme un trait seulement esquissé. Une ligne brève à l'intérieur du cadre. Passant durant le temps d'un instant T. Puis disparaissant aussi vite. Mais rien de plus.

Nous aurions attendu qu'il s'avance un peu dans la rue. Qu'il dépasse au moins les derniers lampadaires. De manière que nous n'aurions presque plus rien distingué de lui, tout au bout. À peine un point sur la ligne de l'horizon. Et alors seulement, nous nous serions glissés dans son sillage. Discrètement. Dans la fumée des multitudes de cigarettes qu'il aurait allumées, compulsivement. Sans jamais tout à fait laisser le temps à la précédente de s'être entièrement consumée. Les volutes qui seraient parvenues jusqu'à nous. Rejetées en arrière, en un seul nuage épais. À l'odeur âcre et boisée. D'où nos visages auraient parfois émergé avec peine. Le temps d'apercevoir le décor tout autour. Les mêmes façades qui revenaient à intervalles réguliers. Les mêmes lampadaires, qui projetaient au sol leur lumière orangée. Et de comprendre finalement que nous avions tourné en rond, tous les trois. Que l'acteur, non, ne sortait jamais de ce film-ci. Qu'il était pour toujours ancré dans ce lieu. Planté sur les hauteurs. Ce quartier cossu et désert durant l'été. Où quelque chose comme un sortilège nous avait enfermés.

29

Mais Dylan a voulu poursuivre. C'est-à-dire passer à l'action. Briser la sorte de rêverie qu'on avait installée autour de tout ça. Pendant les nuits où on ne faisait rien d'autre qu'observer. Qu'on s'était mis à vivre, l'air de rien, à la place de la réalité. Et précipiter la suite des événements. Comme si nous avions eu à quitter une salle de cinéma, en pleine projection. Profitant justement de ce moment précis durant lequel l'acteur principal sort du cadre. Parce qu'il se serait mis à redescendre une rue. Sans véritable raison. Ou pour une raison qui nous aurait échappé. Et qu'elle-même, la rue, débordait du champ. L'empruntant sans réfléchir, ni donner l'impression d'avoir hésité un seul instant. Après avoir fumé une cigarette, dans le silence. Puis être de nouveau passé à l'intérieur de la villa. Pour y enfiler sa veste, sans doute. Ou saisir un chapeau à large bord qu'il n'aurait finalement pas emporté, après tout. Mais laissé sur un meuble brun. Juste à côté d'une coupelle en émail.

Dylan a dit qu'il devait y avoir de nombreux objets de valeur, à l'intérieur. Des cadres et peut-être des socles en argent. Des bagues. Des bracelets ou des colliers de perles. Et si nous avions de la chance, des liquidités dissimulées sous les matelas. Parce que c'était presque un geste qui se transmettait de génération en génération, celui de disposer les liasses de billets sous les matelas. Considérant cette technique comme bien plus sûre. Plutôt que d'avoir à s'en remettre aux banques. Qui prétendaient que. Avec des grandes phrases et des manières. Mais qui la grignotaient eux-mêmes, votre richesse. Qu'elle soit raisonnable ou démesurée. Petit à petit. Un peu à la manière des termites. Sournoisement. Au point que vous ne vous rendiez compte de rien.

Alors ils mettent l'argent sous les matelas, avait dit Dylan. En petites liasses. Le plus souvent retenues par un trombone. Ou un élastique. Ou encore un billet plié en deux et placé dans l'autre sens, comme si ça avait été une pince. Tout ce magot. Soigneusement aligné. Pour ne pas créer la moindre bosse apparente. Qu'il nous suffirait de saisir, en somme. D'emporter. Le chargeant dans un ou deux sacs de sport.

30

Nous avons attendu d'être tout à fait certains que l'homme ne ferait pas demi-tour. Pour l'une ou l'autre raison. Parce qu'il aurait encore changé d'avis au sujet du chapeau. Ou simplement oublié quelque chose. Un objet dérisoire, duquel il n'envisageait pourtant pas de se passer. Demeuré à l'intérieur de la villa. Posé sur une chaise rustique. Lourde et fragile à la fois. À l'assise presque entièrement élimée. Comme il doit forcément s'en trouver dans ce genre de maison. Trônant avec une sorte d'étrangeté dans le hall de nuit. Contre un mur. Immobile. Avec quelque chose de fier dans sa forme. De légèrement effronté.

Nous avons attendu une heure, peut-être. Ou peut-être deux. La notion du temps était trouble. Condensée à l'extrême. Puis tout à fait distordue. Où chaque geste semblait creuser une galerie dans l'air chaud. Avec lourdeur.

Nous avions suivi sa disparition jusqu'au bout. Aussi loin que nos regards avaient pu porter. Accompagnant de loin son corps qui descendait la rue. S'extirpait lentement du quartier des villas. De ce décor abandonné. Et j'imaginais que ça devait lui être une grande souffrance, ce départ. À cause de la lenteur, justement. Ou de cette démarche un peu traînante qu'il avait. Qui était peut-être le signe évident d'un départ définitif. D'une décision prise de longue date. Et dont le mouvement final s'effectuait alors, à cet instant précis. Qui était un adieu, donc. Parce que ensuite, il ne reviendrait plus à cette rue. À ces maisons bourgeoises. Dont certaines devaient avoir même une piscine, à l'arrière. Ni à sa cigarette devant la baie vitrée de l'une d'entre elles. Entre une heure et deux heures du matin. Ni à plus rien du tout, à vrai dire.

Je me disais ça. Qui était peut-être aussi une manière de donner encore plus d'importance au moment. Superficiellement. Un peu plus de corps. Afin qu'il ne soit pas uniquement question d'un homme qui descend une rue. Comme il en avait sans doute descendu des centaines, auparavant. Et comme il en descendrait probablement des milliers, par la suite. Ni une rêverie un peu sotte, échafaudée dans l'unique but de meubler un trouble. Comme s'il s'était agi de raconter une histoire ou de chanter une comptine durant les quelques secondes précédant une chute libre.

Mais j'ai pensé, oui, qu'il devait y avoir bien d'autres choses derrière tout ça. Et à l'intérieur de tout ça. De cet épisode. Même bien trop de choses pour parvenir à en être parfaitement conscient. Je veux dire même dans l'hypothèse où je serais parvenu à me concentrer davantage. Et que c'était sans doute pour ça, la démarche un peu étrange de l'acteur. Ou singulière, plutôt. Pas véritablement lourde. Mais un peu pesante. Un peu lâche aussi. Pour marquer le coup. Attirer l'attention sur le fait qu'il y avait toujours un peu plus que ce qu'on pouvait croire. En toute chose.

Ensuite nous nous sommes avancés. La baie vitrée n'était pas fermée. Simplement tirée. Elle a coulissé gentiment sur son rail. Sans autre bruit qu'une sorte de soufflement apaisé. D'expiration. Après quoi Dylan s'est tourné vers moi. Et a dit voilà. Juste ça, voilà. Et moi aussi, j'ai pensé pareil. Comme si tout avait été très simple.

31

Il y avait un long couloir faiblement éclairé. Qui courait sur toute la profondeur de la maison. Et devait être un lieu de vie plus certain que la cuisine ou le salon, par exemple. Au sens strict. Parce que si on faisait les comptes, on devait s'y tenir plus souvent qu'ailleurs, dans ce couloir. Durant ce laps de temps passé à y circuler. Pour se rendre d'une pièce à une autre.

Il devait être comme une large tranchée qui aurait préexisté à la construction de la maison, m'étais-je dit. À tel point que l'on n'avait pas pu passer outre. Devant en arriver à bâtir les choses en fonction d'elle. Aussi étrange que cela puisse paraître. Montant les murs tout autour.

La lumière glissait d'une applique murale en forme de goutte. Depuis le milieu du couloir, sans doute. Elle tombait avec peine sur le parquet. Mais s'y reflétait avec tellement d'éclat, ensuite. Donnant l'impression d'un halo lumineux montant directement du sol.

Nous avons avancé. Doucement. Longeant les murs avec précaution. Espérant ne buter sur rien. Ni commode ni cadre, qui se seraient trouvés là par hasard.

De chaque côté, c'étaient des portes fermées. Et à clé, certainement. Même si nous n'avons tenté d'en ouvrir aucune.

Puis nous nous sommes arrêtés. Ou avons été arrêtés, brusquement. Parce qu'un léger signal provenait d'un peu plus loin. Juste devant. Un petit son régulier. Comme le bip-bip d'un dispositif explosif. Qui décompte le temps restant avant que. Un son strident et discret à la fois. Incessant. Qui apaise en même temps qu'il attise le suspense.

Je ne me souviens plus si j'ai dit non à Dylan, à ce moment-là. Non, ça finira mal. D'une voix franche. Ou d'une voix minuscule, qui serait restée bloquée dans le fond de ma gorge. Ou encore uniquement un mouvement horizontal de la tête. Pour lui dire mon point de vue, sans avoir à parler. Sans prendre le risque de faire le moindre bruit. Lui expliquer comme mes mauvaises impressions du début se confirmaient.

Quoi qu'il en soit, Dylan s'est retourné, à cet instant précis. Parce que je le revois bien qui me faisait face. Tout comme je revois sa bouche me disant à nouveau voilà. Simplement voilà. Pour insister sur le caractère inévitable des choses, au stade où nous en étions. Et sauter par-dessus le fait que j'allais probablement tenter de me défiler. Pour dire allez, on touche au but. Celui que nous nous étions fixé, d'une certaine manière.

32

Nous avons continué. Marchant très discrètement. Dylan devant, en éclaireur. En meneur. Avec l'assurance de ses gestes qui en disait long. Bien plus long qu'aucun discours n'aurait pu le faire.

D'une certaine façon, tout semblait être à sa juste place. Ni bonne ni mauvaise. Mais juste. Que les jours, les mois et les années qui avaient précédé n'auraient été qu'une sorte de préparation. Comme une grande répétition. Le terreau de cet instant présent. Cette curieuse avancée dans un couloir inconnu. Au beau milieu de la nuit. Dans le quartier des villas.

Le fait que Dylan soit devant moi, je me disais que ça avait dû être écrit quelque part. Dans un carnet, peut-être. Comme un script. Longtemps à l'avance. Le fait qu'il me faudrait le suivre ainsi. Presque aveuglément. Et avoir à entrer tout entier dans son influence, comme on entre dans un lieu. Cette sorte de champ magnétique déployé autour de lui. Lorsqu'il marchait ou non. Qu'il se mette à parler ou reste muet. Légèrement parfumé de son odeur. Mélange de poussière et de chat mouillé. Ce qui m'avait frappé, à ce moment-là.

Nous avons continué dans le couloir. Vers une porte tout au fond. D'où semblait provenir le signal sonore. Dylan a avancé la main, qu'il avait très fine. Très délicate, comme celle d'une femme. Il a doucement poussé la porte. En espérant sans doute qu'elle ne grincerait pas. Ni n'émettrait la moindre résistance.

La porte s'est ouverte avec une grande fluidité. Comme si de l'autre côté, en même temps que Dylan l'avait poussée, quelqu'un l'avait tirée vers l'intérieur.

Dans l'obscurité, nous avons distingué la forme d'un lit. Massif. Relativement bas. Et dessus, mêlée, la forme d'un corps. Dont la tête s'est un peu tournée vers nous, lorsque nous sommes entrés. Mais dans un mouvement étrange. Comme si rien ne l'avait retenue. Ni muscles ni tendons. Comme si elle avait été totalement désarticulée.

Cette scène-là, de la porte qui s'ouvre sur la tête se tournant vers nous, m'a semblé durer très longtemps. Des heures, peut-être. Une éternité durant laquelle nous sommes restés parfaitement immobiles. Médusés. Nos deux esprits alors incapables de produire la moindre pensée.

Nous nous sommes aperçus que le signal sonore provenait d'une lourde machine, à droite du lit. Sur laquelle s'affichait une série de chiffres. D'un vert électrique et surmontés d'une ligne. Celle-là apparaissant et disparaissant sans cesse. En parfaite synchronisation avec la cadence du signal. Son rythme. Dessinant des pics et des creux. Des montagnes et des précipices.

33

Puis j'ai vu à nouveau la main féminine de Dylan. Elle s'est levée avec une extrême lenteur. Avec quelque chose qui aurait été de l'ordre de la séduction. Comme s'il avait fallu qu'elle plaise. Avec une forme de sensualité, peut-être.

Il a engagé un geste vers la silhouette. Vers ce corps posé sur le lit. Faisant presque une seule entité avec lui. Et j'ai soudainement pensé qu'on n'aurait jamais dû être là. Que c'était une erreur. Le fait d'une sorte d'entrechoquement de la vie, qui en avait fait se détourner les rouages. Une collision. J'ai pensé que sa tante aurait tenté de fuir, à notre place. Parce qu'elle n'aurait su faire que ça. Idem pour la cousine. Qu'elles auraient cherché ici ou là une anfractuosité dans le mur. Un trou plus ou moins grossier par lequel elles seraient passées. Se mettant à quatre pattes et rampant jusqu'à l'extérieur.

J'ai pensé que les plus grands, dans cette chambre,

n'auraient pas été plus vaillants non plus. Parce que rien n'avait jamais été prouvé des histoires qu'on racontait à leur sujet. Ils se contentaient de vivre de cette réputation, sans même avoir à l'entretenir. Ce pour quoi ils étaient vraiment doués, c'était imaginer des plans. Pour repérer des maisons de luxe à piller, où ils envoyaient les plus jeunes. Parce que ça aurait été bien plus risqué pour eux, disaient-ils. Qu'être majeur n'avait pas que des avantages.

Lorsqu'on ne voyait pas les plus grands, ils n'étaient pas exactement en voyage. Pour une raison ou pour une autre, on était parvenu à les mettre un peu à l'ombre. Durant cinq à six mois. À les écarter.

34

Il a posé sa main sur la silhouette. À plat, au niveau de ce qui semblait être le torse. Juste après le creux de la gorge, en dessous du menton. Cet espace qui ne se soulevait pas. Ou alors de manière vraiment imperceptible. Par les mouvements minuscules d'une respiration extrêmement faible.

Nos yeux s'étaient habitués à l'absence de lumière. Presque d'un coup. Sans qu'on s'en soit véritablement aperçus. Et j'ai pensé qu'il y avait des moments dans la vie où c'était comme ça. Des moments où il fallait accepter de ne rien y voir, de ne rien savoir. D'avancer vraiment dans la nuit. Parfois durant un temps qui pouvait ne pas être très long. Au bout duquel on finissait toujours par voir des lignes se dessiner. Des chemins apparaître, ou la forme d'une idée.

Des longs cheveux encadraient la tête de la silhouette. Des boucles qu'il ou elle devait tirer vers l'arrière, d'ordinaire. Peut-être en les attachant à l'aide d'une large pince, ou d'autre chose. Un ruban, un lacet. Ou simplement en les plaquant sur le crâne et derrière les oreilles, après les avoir mouillées.

Un seul bras sortait de la couverture sombre. Comme un personnage qui aurait tenté d'échapper à l'histoire. Pour se trouver une vie à soi, hors de cette chambre. Encombrée du lit et de la lourde machine aux chiffres verts. Du corps allongé, et de nous qui étions entrés par effraction.

C'est alors que j'ai cru comprendre ce qu'avait peut-être été l'abri en ville de Dylan. Malgré la noirceur qui allait avec. Il devait y avoir cet aspect de lieu hors du temps. Comme une vie à l'intérieur de la vie. Une sorte de passage secret entre deux endroits. Où jamais personne ne pourrait venir vous chercher.

35

Dylan a posé sa main sur le torse. Comme s'il la posait sur un meuble qui n'aurait rien contenu d'important, à ses yeux. Ensuite il est descendu lentement. Il a glissé jusqu'au bras, en dehors de la couverture. En a suivi la ligne. Le muscle maigre du biceps. L'intérieur du coude. Puis est parvenu jusqu'à la main, qu'il a prise dans la sienne.

Ça ressemblait à quelqu'un venu visiter un proche mourant. À une scène très émouvante, où chacun se dit adieu, par les mains.

Aucun de nous deux ne regardait plus le visage de la silhouette. Mais les yeux se sont ouverts. Le regard s'est fixé derrière nous, et la bouche a dit volez tout. Volez tout, parce qu'après il n'y a plus rien. Volez tout et partez sans refermer la baie.

36

Dylan s'est jeté hors de la chambre, à ce moment-là. Il m'a violemment tiré derrière lui, avant de faire claquer la porte. Sur le signal régulier et la silhouette allongée dans le lit. Vautrée dans la moiteur et l'odeur un peu rance. Fermé la porte sur ce que nous avions fait, d'une certaine manière. Sur ce quelque chose de trouble qui s'était ouvert en nous. À notre insu. À l'intérieur, vraiment tout au fond. Et dont une partie au moins resterait ici, désormais. Entre ces murs. Sans doute à tout jamais.

La seconde d'après, j'ai vu ses doigts appuyer sur plusieurs interrupteurs. Ici et là. Qu'il avait certainement repérés en entrant. Éclairant d'un coup la villa. Et je me suis senti comme si nous avions soudainement changé d'endroit. Après une sorte d'ellipse, de coupure. Ou que nous nous étions déplacés à la vitesse de la lumière.

En moi-même j'ai pensé qu'il ne manquait toujours que des détails. Vraiment trois fois rien pour qu'une vie se superpose à une autre. La recouvrant, d'abord. Puis se substituant tout à fait à elle. À la manière d'un film enregistré sur une bande préexistante.

Dylan a ouvert toutes les portes du couloir, à la volée. Et le parfum de la nuit d'été s'est mis à circuler. Par un petit vent frais. Très agréable. S'enroulant autour des chevilles.

Puis je l'ai vu aller et venir. Donnant presque l'impression de s'être dédoublé, par magie. Semblant se trouver à plusieurs endroits en même temps. Je le voyais remplir un sac de sport qu'il avait dû prendre ici. À un moment où je regardais probablement ailleurs. Qu'il avait posé sur une commode, pour ne pas avoir à se pencher. Un sac noir avec de longues bandes blanches sur le côté. Dans lequel il entassait les choses, en vrac. Des objets très variés. Que je ne parvenais pas toujours à identifier. Dont le défilé des formes et des couleurs formait dans mon esprit une sorte de brouhaha.

C'est là que j'y ai pensé. Que la réflexion m'a traversé comme un éclair. Le fait que le magot, lui, puisqu'il devait être dissimulé sous un matelas, ne se retrouverait pas dans le sac de sport. Un magot conséquent, sans doute.

Alors j'ai marché à nouveau dans le grand couloir. Trop éclairé, à présent. Où le moindre mouvement dessinait des ombres gigantesques sur les murs. Il m'a semblé avoir retrouvé la personne que j'étais avant d'avoir entendu la voix du mourant. Avant de m'apercevoir combien tout était triste. À quel point certaines vies dépendaient du rôle que chacun voulait bien y jouer.

J'ai poussé la porte de la chambre du fond, avec le pied.

37

La porte a claqué contre le mur. Mais moins bruyamment qu'elle n'aurait dû. D'une manière un peu sourde. Un peu étouffée. Peut-être parce qu'il y avait l'une ou l'autre robe de chambre accrochée derrière. Suspendue à une patère. Ou un pyjama. Ou toute autre chose qui aurait amorti le coup.

Je suis entré pour la deuxième fois dans cette chambre, au bout du couloir. Où la lumière n'avait pas été allumée. Et je n'ai pas cherché l'interrupteur. Je n'ai pas touché à l'obscurité. Je me suis avancé jusqu'au pied du lit. Les yeux s'étaient refermés. Comme s'il ne s'était rien passé, juste avant. La tête désarticulée était restée dans la même position. Un peu pendante. Qui semblait ne tenir à rien. À un ou deux fils de laine, tout au plus. Mais rien d'autre. Et j'ai pris le temps de bien regarder ce visage. Malgré l'absence de lumière qui en grignotait les traits. De le regarder avec presque une sorte de provocation. L'air de dire que la situation était ce qu'elle était. Ni plus ni moins. Et qu'il n'y pourrait rien, lui. Même allongé. Même mourant. Même si d'aventure il avait tenté d'émettre une longue plainte molle. Que ça n'était pas suffisant, d'une certaine manière. Que rien ne serait jamais suffisant. Parce que malgré ça, j'allais à présent soulever le matelas. Très bientôt. C'était décidé. Au moins assez pour y glisser une main dessous. Une main qui balayerait. À la manière d'une lampe torche balayant la nuit. Sans gêne. Sans retenue. Ce qui aurait des conséquences à court et long terme. Dont la première serait qu'il allait glisser, lui. Légèrement peut-être. Ou tomberait carrément au sol. S'écraserait par terre. Sans rouler. Sans avoir ce privilège-là, qui serait encore une sorte de mouvement de vie. Une sorte de combat digne.

La scène a duré une dizaine de minutes. Durant lesquelles j'expliquais tout ça à la silhouette allongée. Sans prononcer le moindre mot. Rien qu'en la regardant bien en face.

Puis Dylan a crié. D'un long cri aigu. Depuis le grand couloir. D'où il arrivait en courant.

C'est la dernière fois que j'ai entendu sa voix. Parce que après, je ne l'ai tout bonnement jamais revu. Ni de près, ni de loin. Sachant qu'il avait probablement mis son plan à exécution. Préparé longtemps à l'avance. Un plan duquel je ne savais rien. Ou très peu de choses. Qu'il avait peut-être déjà exposé. Mais dont je n'avais rien entendu. Ou rien souhaité entendre. Devinant sûrement qu'il devait s'y trouver des pans où je ne comptais pour rien. Comme si je n'avais jamais existé. Des étapes qui me rendraient certainement très triste.

Ça a vraiment été le moment très précis où j'ai mesuré l'étendue de tout ce qui nous séparait, lui et moi. Ce qui ferait que pour la fin des temps, il vivrait dans un monde et moi dans un autre. Voisins, peut-être. Mais qu'aucune route ne relierait jamais. Ni aucune ruelle ou aucun chemin terreux. Ni même le moindre trou pratiqué dans un grillage à l'aide d'une pince coupante. Qui aurait permis à quiconque de passer de l'un à l'autre, sans être repéré.

38

C'est mon nom qu'il criait, depuis le couloir. Puis il est arrivé, essoufflé. A prononcé une série de mots rapides. Dont certains sont demeurés pour moi dans un grand brouillard. Sur le coup, et bien après encore.

Il a dit qu'il valait mieux nous séparer, désormais. Partir chacun de notre côté. Que nous pouvions toutefois prendre le temps de choisir. Mais que nous n'aurions certainement plus que ce temps-là. Comme une sorte de dernier luxe. Choisir la gauche ou la droite. Remonter la rue des villas, comme l'acteur, ou redescendre vers la barre d'immeubles.

Je le regardais parler. Et pour la première fois, lui voyais cette grimace un peu autoritaire. Cette moue de confiance, à deux doigts de l'arrogance. Qu'il avait dû avoir depuis toujours. Mais dont je découvrais seulement l'existence. Peut-être parce que je m'étais plu à croire que. À me bercer d'illusions. Le tenant, lui, pour quelqu'un comme moi. Quelqu'un de terré en lui-même, pourrait-on dire. D'intimement fermé aux choses. Au monde tout autour et aux gens. Et c'était un choc, de le découvrir à ce moment-là. De le voir pour la première fois, en quelque sorte. Avec ses yeux très mobiles dans leurs orbites. Alertes. Sa lèvre supérieure un peu molle, et son corps déjà musculeux.

Je regardais attentivement ce Dylan. Qui m'était pratiquement une personne inconnue. Qui ne ressemblait presque plus à ce garçon que j'avais fréquenté avant tout ça. Duquel je connaissais la tante et la cousine. Et les plus grands de sa famille, aussi. Qui traînaient vers l'étang, eux. Surtout l'été, quand ils étaient dehors. Et au sujet desquels personne n'ignorait qu'il y avait eu des histoires.

J'observais ce Dylan-là. Qui avait soigneusement dû préparer tout ce qui était en train de se dérouler. Dans les moindres détails. Et longtemps à l'avance, bien entendu. Même cette étape-ci, qui consistait à me lâcher. Pendant que je n'étais capable de rien d'autre que de le regarder en pensant à tout ça. À la manière dont on lâche du lest. Me faisant croire que c'était pour la bonne cause, qu'il nous fallait nous séparer. Pour que le plan fonctionne comme prévu. Ce plan dont je ne savais rien. Qu'il avait construit tout seul. Dans son coin.

Ensuite, je suis redescendu vers la barre d'immeubles. Du côté où le grillage avait été percé. Pour des raisons dérisoires, peut-être. Ou par jeu. Sans sac ni rien. Parce que Dylan avait tout jeté sur ses épaules. Me disant que j'irais beaucoup plus vite, ainsi. Que je serais moins encombré. Et moins visible.

Lui, il s'est enfoncé dans la rue des villas. Dans la direction empruntée par l'acteur, un peu plus tôt. Et lorsque je m'étais retourné pour voir sa silhouette disparaître au loin, je m'étais dit qu'il était peut-être parti par là pour le rejoindre. Qu'ils allaient se retrouver tous les deux. Dans une auberge ou sur une place. Que cela aussi faisait partie du plan de départ. De leur plan. Qu'ensuite ils partiraient ensemble vers d'autres tournages. Des westerns, peut-être. Ou des policiers. Et qu'une nouvelle fois, Dylan, qui aux yeux de tous était comme ceci, se changerait subitement en quelqu'un comme cela. Parce que c'était ça, le métier d'acteur. Sans que personne ait rien vu venir. En un claquement de doigts.

39

Puis le matin est arrivé, comme je descendais de là-haut. Le soleil se levait sur la barre d'immeubles. Sur la façade sans crépi. Et les balcons étroits. Où ils avaient coulé de lourdes jardinières en béton brut. Placées en équilibre sur les rambardes. Dans lesquelles on voyait rarement une fleur. Ou ne fût-ce qu'une plante grasse à l'allure maladroite. Mais dont la plupart des gens avaient dû croire qu'il s'agissait là d'un rangement. Une sorte de fourre-tout d'extérieur. Quelque chose pour contenir en désordre les jouets des enfants.

Je ne sais pas quelle heure il pouvait bien être. La lumière était encore toute rosée. Très jeune. Qui tombait avec lenteur ou paresse sur la façade. Ces fenêtres qui depuis toujours regardaient les terrains vagues, devant. Jusqu'au rideau des bosquets, comme une frontière symbolique. Ou une barrière de sécurité. Un cordon sanitaire. Pour les autres villages, à l'arrière.

Affublés de noms étranges. Très longs. Comme des phrases entières qui auraient tenté de raconter une histoire ancienne. Un fait divers qui se serait produit à cet endroit même. Il y a longtemps. Un drame dont on aurait voulu conserver une trace.

J'ai traversé le terrain vague. Me redisant qu'il devait avoir tout préparé de longue date. Que tout ça devait avoir suivi un plan bien établi. Quelque chose d'écrit au préalable. Ou même de dessiné dans les pages d'un carnet. Je veux dire que chaque détail y aurait été schématisé. Chaque intervenant. Moi y compris. Et chaque lieu. À l'aide de croix ou d'autres signes. Afin de parfaitement se représenter les choses à venir.

Et même cette scène-ci de moi redescendant par le terrain vague. De la lumière rosée tombant sur la façade. De mon esprit ressassant les mêmes idées. Cela aussi avait dû être prévu par lui. Parce qu'il devait être bien plus intelligent que ce que tout le monde avait toujours pensé.

Mais dire s'il était content ou fier de me mettre dans cette situation, ça, je ne pourrais pas le dire.

40

Après, je ne l'ai plus revu. Ni dans le coffre d'un utilitaire bleu, ni ailleurs. Je suis remonté dans l'appartement, ce matin-là. Où je suis resté enfermé durant plusieurs jours. Presque prostré. À l'arrêt. Figé quelque part entre le rêve et la réalité. Dans l'attente de quelque chose. D'une sorte de déclic qui se ferait peut-être. Que j'espérais comme d'autres espèrent Dieu, par exemple.

Je pensais à Dylan. Ne cessais pas de penser à lui. Aux raisons qui devaient avoir été les siennes. D'avoir coupé les ponts, comme ça. Brutalement. Sans même prendre le temps d'essayer de verbaliser quoi que ce soit. D'expliquer qu'il allait s'effacer. Du jour au lendemain. D'un coup. Comme à l'époque où il avait rejoint l'abri en ville. Laissant tout derrière lui. Tout ce qui avait composé sa vie, jusque-là. Qui avait été le décor de son quotidien. Et ceux qui avaient été les personnages de son film personnel. Hormis sa tante et sa cousine. Qu'il ne laissait pas ici, à proprement parler. Parce qu'elles étaient parties elles aussi, un peu après. Tout juste après, en fait. Dans une grande caravane blanche aux plaques d'immatriculation maquillées. Dans laquelle elles étaient parvenues à charger la plupart de leurs meubles.

Et le déclic est arrivé, un peu plus tard. Après plusieurs jours. Je me suis dit que j'avais assez pensé à tout ça. Qu'à présent c'était une histoire qui ne nous appartenait plus vraiment. Ni à lui ni à moi. Sur laquelle nous n'avions plus désormais le moindre droit. Que le mal était fait, comme on dit. Et le bien aussi, d'ailleurs.

Peut-être qu'il était simplement parti retrouver son chat, Dylan. Sous plusieurs strates de terre argileuse. Au chaud. Ou qu'il avait sauté de Dieu sait quel pont. Duquel il savait la hauteur suffisante pour ne lui laisser aucune chance de survie.

Peut-être était-il parti retrouver l'Anglaise. Celle des cartes postales. Si toutefois il ne se les était pas envoyées lui-même, pour faire croire que. Qu'il serait parvenu à localiser. Malgré ses déplacements incessants. Les voyages qu'imposait sa profession. Après une véritable enquête. Une recherche digne d'un film d'espionnage. Et qu'il aurait rejointe. En se servant de ce qu'il aurait subtilisé dans la villa, cette fameuse nuit.

Tout ce qu'il avait chargé dans le grand sac de sport noir avec les bandes blanches sur les côtés. Duquel je n'avais pas vu le contenu final. Mais qui pouvait éventuellement comprendre le magot dissimulé sous le matelas de la chambre du fond. Qu'il aurait emporté au moment où. Juste après m'avoir poussé à quitter les lieux. Puis s'être appliqué à faire rouler la silhouette à terre.

Peut-être encore qu'il avait véritablement fini par être jeté dans le coffre d'une voiture. Ou dans l'étang. En guise de punition. Par une bande de voyous cagoulés et armés. Qui auraient été les commanditaires secrets de notre nuit dans la villa. Par un accord passé sans moi. Et dont les clauses n'auraient pas été respectées, selon eux. Ce qui les aurait décidés à. Histoire que d'autres n'aient jamais la mauvaise idée de.

Et peut-être enfin que si quelqu'un avait l'opportunité de soulever même brièvement les cagoules desdits voyous, eh bien il aurait trouvé le visage des plus grands.

41

Mais non, il n'y a rien eu après la nuit dans le quartier des villas. Je n'ai vu personne. Ni au pied de l'immeuble ni nulle part ailleurs. Et même s'ils avaient existé, ces hommes cagoulés, je ne les aurais sans doute pas aperçus. Qu'ils aient jeté quelqu'un dans le coffre d'une voiture ou fait n'importe quoi d'autre.

Il n'y a rien eu après. Sinon cette poignée d'images qui tournaient, pour moi seul. Ce film étrange, déserté par les acteurs. Qui auraient fini par prendre cette décision. Quittant le plateau de tournage sans saluer personne. Se levant simplement un jour. S'extirpant du décor et marchant tout droit. Le long d'une rue qui serait descendue, peut-être. Sans jamais se retourner. Sans chercher à avoir une dernière réplique. Sèche et violente. Cinglante. Pour clore et partir sans plus d'explication. Pour terminer avec panache.

Ou douce plutôt, cette dernière réplique. En très

peu de mots. Pour tenter de dire. Avec sobriété. Avec une concision qui aurait été une délicatesse plus qu'un empressement. Afin de laisser quelque chose qui aurait permis de comprendre, ensuite. Tout doucement.

Mais non, préférant disparaître d'un coup, ces acteurs. Sans parler.

42

Pour Dylan, ça aurait été comme une fugue. Où il ne se serait pas agi de quitter une maison ou un internat, mais une existence tout entière. Dans laquelle il devait se sentir à l'étroit. Ou mal, tout simplement. Pas à la place qu'il aurait choisie, s'il avait pu. Pas à sa place.

Les gestes auront été différents. Seulement ça. Au lieu par exemple d'une fenêtre qu'on ouvre sur la nuit. De pas très précis et très légers, afin de ne faire grincer aucune lame du parquet. D'un muret que l'on saute. Ou d'un portique. Eh bien au lieu de ceux-là, il y a eu d'autres gestes. Pour un même résultat.

Des mouvements préparés des jours ou des mois à l'avance. Dont je n'avais rien su. Ni même rien soupçonné. Qu'il avait peut-être assumés seul. Entièrement seul. Parce que si l'un ou l'autre détail m'avait alarmé, je veux croire que j'aurais essayé de parler. De débattre. Espérant parvenir à le dissuader. Et sans doute qu'il en aurait un peu perdu de son courage, si j'avais dit quelque chose. Qu'il aurait peut-être même fait machine arrière. Parce qu'en plus des mots, il y aurait eu ma tête. Mes yeux qui se seraient mouillés. Et ma lèvre supérieure qui se serait tordue un peu ridiculement. Qui se serait mise à trembler. Puis ma gorge lui aurait emboîté le pas. Se serrant à l'intérieur. Qui m'aurait donné la voix d'une vieille dame, à l'instant où je me serais mis à parler.

D'une certaine manière, c'est quelque chose que je peux comprendre. Son silence. Qu'il ait préparé les choses dans son coin. Les détails. La mise en œuvre. Qu'il ait organisé cela tout seul. Sa disparition. Sans qu'aucun homme en combinaison de plongée ait ensuite à le sortir de l'étang. En le tenant comme une Belle au bois dormant. Ou à le transporter dans une grande boîte. En équilibre sur une épaule. Puis à creuser un large trou dans la terre un peu grasse d'un terrain vague. Et à l'y enterrer pour toujours, où personne ne viendrait plus jamais le voir.

Il y avait forcément dû y avoir une période durant laquelle il ne pensait qu'à ça. À son plan de disparition. Une période très ancienne. Peut-être celle de son séjour dans l'abri en ville. Ce taudis dans lequel ils étaient plusieurs à avoir échoué. Plusieurs ombres troubles. Qui aurait été pour lui comme les coulisses du grand projet de sa vie.

Mais après ça, nous avions encore ri ensemble. Et pour pouvoir rire encore, c'est qu'il devait peut-être croire que ça ne serait rien d'autre qu'une fugue. Une partie de son esprit devait le croire, du moins. Comme s'il avait fait le mur de la maison parentale, une nuit. Pour braver l'interdit, simplement. Ou pour aller retrouver une fille. Qui l'aurait attendu. En ville, par exemple. Avec des sentiments. Ou juste des envies.

Moi j'aurais aimé qu'il y ait une fille. Et pas forcément son Anglaise. Mais qu'à la fin il y ait une fille pour chacun. Avec laquelle on s'en va. Pour être heureux et tirer un trait sur tout le reste. Les jours et les nuits. Tous ces moments à s'ennuyer terriblement. Et à tourner ici et là. Du côté de la gare et des terrains vagues. Ou tout autour de l'étang, en rond. Tapant parfois dans l'une ou l'autre canette traînant au sol.

Mais on n'obtient pas toujours ce qu'on veut.

Composition : PCA
Achevé d'imprimer
sur Roto-Page
par l'Imprimerie Floch
à Mayenne, en juin 2022
Dépôt légal : août 2022
Numéro d'imprimeur : 100619

ISBN 978-2-07-299536-1 / Imprimé en France

546247